Sonya
ソーニャ文庫

お義兄様の籠の鳥

市尾彩佳

イースト・プレス

contents

プロローグ

「駄目……そんなことは許されない……」

アンジェは震える声で訴えた。こうすれば身を守れるとばかりに、先程乱された衣服を掻き合わせる。

そんな抵抗など、彼にとって無きに等しかった。吐息がかかるほどに顔を近付けてささやく。

「許さないのは誰？　神は、血のつながったきょうだいが交わるのを禁じているだけで、血のつながらない私たちには当てはまらない」

「で、でも世間の人たちが……」

「そう、義理のきょうだいの結婚を禁じたのは、神の言葉を拡大解釈した人間だ。そんなものに何の意味がある？」

クリストファーは、言葉で、身体で追い詰めてくる。捕まるわけにはいかない。アンジェは逃げようとしながら懸命に説得を試みた。

アンジェはソファの上でじりじりと身体を横にずらしていった。そうして逃亡の機会を見計らいながら、彼の問いに答える。

「血のつながりがなくても、きょうだいが愛し合えば世間の人たちが非難するじゃないですか……！　町中の人から非難されれば、平民だってその町で生きていけなくなる！　ましてやお義兄様《にいさま》は貴族です！　そのお義兄様が貴族から爪弾《つまはじ》きにされたら、これまでの努力がすべて水の泡になってしまう！　お義兄様が今までどれだけ頑張ってこられたか知っているから、わたしはそれを無になんてしたくないんです……！」

「さっきも言ったじゃないか。そんな心配は無用だと」

搔き合わせた衣服が、また乱されていく。

「君を他の男にやるくらいなら死んだほうがマシだ」

男性を知らない無垢な身体が、欲望をたたえた男の目の前に晒され、男の手と口によって暴かれていく。

何度も絶頂に追いやられ朦朧《もうろう》とするアンジェに、衣服を脱ぎ捨てたクリストファーが覆い被さってきた。

「君に餓《う》えて死にそうなんだ……お願いだ、この憐れな義兄《あに》を助けてくれ……」

激しい痛みとともに結ばれたあと、クリストファーの手によって再び快楽の火を点《とも》された。

「ん……っ」

気持ちよさから、アンジェの喉が勝手に鳴る。甘えたようなその音に、アンジェは恥ずかしさが込み上げてくる。

痛みは遠退《とおの》き、身体が快楽に支配されていく。クリストファーが腰を大きく振るようになるころには、あられもない声を上げていた。

「あっ、あんっ、んっ、ふぁ……っ、あっ、はぁ……ん」

耳をふさぎたいほどの淫らな水音に羞恥《しゅうち》をあおられる。恥ずかしくてたまらないのに、身体はどんどん快楽を拾って熱くなっていく。

やがて快楽の頂点に達して果てると、彼もまたアンジェの中で果てた。

自分の体温より熱い飛沫《しぶき》が染み広がっていくのを感じながら、結ばれるということの本当の意味を知ったような気がした。

第一章

三ヶ月近く前のこと——。

暦《こよみ》の上では三月だが、大陸の北寄りに位置する国ベルクニーロの北部の寂《さび》れた町イオレンでは、雪があちこちに残りまだ春の気配はない。

東の山の稜線《りょうせん》からまだ太陽が顔を出さない朝靄《あさもや》の時間、町外れの古びた女子修道院で暮らすアンジェは、小さな礼拝堂の清掃を終え、狭い敷地を最大限に使った畑の手入れにいそしんでいた。

癖が強くてもじゃもじゃと絡まる栗毛を後ろで束ね、ロングコートを着て長ブーツを履いている。それだけを見れば片田舎ならどこにでもいそうな娘だが、小さめな顔に透き通るような白い肌、そして緑がかった神秘的な瞳が、田舎娘らしからぬ雰囲気をアンジェに与えている。今年十八歳になり成人したが、その姿はまだどことなく幼さを残していた。

カランカランという鐘を鳴らす音が聞こえてくると、アンジェは待ってましたとばかりに畑から立ち上がった。冷たい水で手を洗い、コップを一つ持って修道院の門から出る。

門前に立って程なく、荷台を引いた老人の姿が見えてきた。アンジェは早足で近付いていって挨拶をした。

「おはようございます、おじいさん。今日も一杯だけくださいな」

アンジェは老人に銅貨を一枚差し出す。それを受け取った老人は、荷台のブリキ缶から牛乳をすくい、アンジェの持つコップに注いだ。

「院長様のお加減は、まだよくならないのかい？」

「ええ。日に日に悪くなっていくみたいで……」

アンジェは暗い気分になる。

「院長様はお嬢さんだけが頼りだから、気をしっかり持つんだよ」

そう言って、老人は去っていった。

老人は、アンジェのことを昔から〝お嬢さん〟と呼ぶ。お嬢さんという柄ではないと言っても、呼び方を変えることはない。

――お嬢さんからは品のよさがにじみ出ている。きっと……高貴な血筋なんだろうよ。

高貴かどうかわからないが、アンジェも自分の母が裕福な家の出身であっただろうことは知っていた。

アンジェはこの修道院で生まれ育った。

かつてここに身を寄せた母は、持っていたたくさんのお金を修道院に寄付した。そうした場合、修道院に〝客人〟として滞在できる。アンジェが生まれてまもなく母が亡くなると、〝客人〟としてもてなされる権利は娘のアンジェに引き継がれた。

他の人たちよりよいものを供《きょう》されるため食事はいつも一人。修道院でお世話になった者はたいてい労働で謝礼をするのだが、アンジェはその必要がなかったので自分の部屋で一人で遊んでいることが多かった。そんな彼女にとっては、修道院に泊まった母子の旅人が翌日仲良く畑仕事をしているのがうらやましくてたまらなかった。

あれは五つか六つのころだっただろうか。アンジェは一人でいることに我慢できなくなって院長先生に頼んだ。わたしもみんなと一緒がいい、と。院長先生は最初渋っていたけれど、アンジェの意志が固いとわかると、同じ食事をみんなと食べることも働くことも許してくれた。

その上アンジェは自分の暮らしを支えるために取っておかれたお金も、困っている人を見捨てることができないという理由で、修道院を頼ってきた人たちのために使ってしまった。

けれど、今になって少しは取っておけばよかったと後悔している。先日から、母代わりにアンジェを育ててくれた院長先生が病《やまい》で寝付いているのだ。貧しい者は医者に診てもらえず、町の薬局から薬を買うしかないのだが、最近代替わりした店主のネルソンは強欲で、今までの何倍もの値段をふっかけてくる。

修道院でも多少の薬草は育てているが、院長先生の病に効いている様子はない。この町には他に薬局はなく、薬がなくては生きていけない者たちは、必死に金をかき集めてバカ高い薬を買うしかない。その金のあてもない修道院暮らしのアンジェは、相手にさえしてもらえなかった。

相手にしてもらえないといえば、この修道院もだった。アンジェが生まれる少し前、便のよい新街道ができ、旧街道沿いのこの町は次第に寂れていったという。

それでも母の寄付金を修道院のために使っていた時分は人の訪れが多く、修道女見習いも何人かいたが、寄付金が尽きると訪れる人は減り、彼女たちも去っていった。女二人では手が回り切らず、雨漏りのひどい屋根は葺《ふ》き替えなければならないのにその費用もなく、修道院を囲う石垣は崩れかけて寂れた印象を一層強くしている。

世の中金次第とは思いたくないけれど、お金が解決してくれることがあるのもまた事実。薬を買うお金が欲しいアンジェは、今そのことを痛感していた。

牛乳の入ったコップをトレイに載せて、修道院の院長先生の部屋へ向かう。飾り気のない小さな部屋の質素な寝台の上で、元の髪色がわからないくらい白髪《しらが》になった老女が、咳き込みながら身体を起こそうとしていた。アンジェは慌てて近寄り、寝台脇の台にトレイを置いて、背もたれにできるよう枕を立てた。

咳が落ち着くと、院長先生はコップをちらりと見て言った。

「牛乳はあなたが飲みなさい。若いあなたのほうが栄養を必要としているのですから」

「飲めないほど具合が悪いの？」

アンジェがすかさず訊《たず》ねると、院長先生は口ごもった。

「そういうわけではないけれど……」

「なら飲んで。これは院長先生のために買ったんだもの。飲んでくれなかったら、無駄になってしまうわ」

そう言ってもコップを受け取ろうとしない院長先生をどうにか説得し、牛乳を飲ませる。コップ一杯飲み干すだけでも苦しそうで、アンジェは泣きたくなる。日に日に弱っていく院長先生をただ見ているしかないのがもどかしい。

自分こそつらいだろうに、院長先生は微笑《ほほえ》んでアンジェを慰めた。

「きっとこれは神様の思《おぼ》し召しなのよ。ずっと頑張ってきたわたしに、そろそろ休んでいいとおっしゃっているんだと思うわ」

それを聞いたアンジェは恐ろしいことを連想して身震いした。

「そんなこと言わないで」

アンジェは切なく言った。生まれてすぐ母を亡くしたアンジェにとって、育ててくれた院長先生は母親も同然なのだ。唯一の身内と言える彼女がいなくなるなんて考えたくもない。

だが、院長先生は悲しげに微笑むだけで、アンジェの懇願に応えることはなかった。

「このベッドの裏側に、隠し引き出しがあるの。そこに布の袋が入っているから出してもらえる？」

床に膝をつき、院長先生に言われた場所を探ると、そこには確かに引き出しがあった。引き出しを棚から抜いて、中にただ一つ入っていた布の小袋を取り出す。小さい割にずっしりとしたその袋を手渡すと、院長先生は中から手のひらに収まる大きさのブローチを取り出した。明るい茶色の宝石が細かな細工の施された銀の台座にはめ込まれていて、古そうだけれど綺麗《きれい》だとアンジェは思った。

それを手のひらに載せて差し出しながら、院長先生は呼吸するのも難儀そうに話し始めた。

「これはあなたのお母様が、形見としてあなたに残したいと言って、わたしに預けたものなの。もっと早く渡したかったけれど、あなたったらなんでもかんでも修道院のためにに使ってしまうから。いい？　これは絶対に手放しては駄目よ。あなたのお母様が誰なのかわかるような印は何もないようだけれど、あなたが誰なのかという証明にはなるかもしれないわ。お母様にどんな事情があったかわからないけれど、あなたが自分の出自を調べてはいけないという理由にはならないはず。知りたくなったら、それを持って肉親を捜しに行きなさい」

今すぐにでも行けと言われているような気がして、アンジェは首を横に振った。

「こんな院長先生を置いて出てはいけないわ。元気になって。話はそれからよ」

その後、何とか言いくるめて院長先生を横にならせた。病が疲労にもつながっているのだろう。院長先生はすぐにうとうとし出す。アンジェは彼女が寝入ったのを見届けてからそっと部屋を出た。

扉を閉めたときには、アンジェの心はすでに決まっていた。

このブローチを薬代にしよう。見ず知らずの肉親よりも、育ててくれた院長先生のほうがよっぽど大事だ。

母の形見と思うと多少のためらいはある。が、捜しに来る気配のない肉親を今更捜し出して何になるというのだろう。アンジェを院長に託した母も許してくれるはず。

朝靄が晴れたばかりの町中をアンジェは走った。石畳が所々剝《は》げた道は雪解け水でぬかるんでいて、走ると泥を跳ね上げる。

それに構うことなく町の中央付近にある薬局まで来ると、アンジェは扉を叩いた。町の人たちはとっくに起き出し働いている時間なのに、薬局の中からは返事がない。

それでもしつこく叩き続けると、よれよれの夜着を着て寝ぼけ眼《まなこ》をこするネルソンが出てきた。ネルソンは毛の生え際がやや後退した中年の男性で、アンジェを見ると顔をしかめてしっしっと追い払う手振りをした。

「なんだ、あんたか。こんな朝っぱらに叩き起こしやがって。金がなきゃ薬は売らん。さあ帰った帰った」

「待ってください！　これを！　これが薬の代金になりませんか？」

決心が鈍らないうちにと、アンジェは勢いよくブローチを差し出す。いぶかしげに手に取ったネルソンはそれを透かし見るうちに目の色を変えていった。

「これをどこで手に入れた？」

「母の形見なんです。今朝院長先生が渡してくれて」

ネルソンの目がきらりと光る。彼は朝日を宝石に透かしながら、ねっとりした気味の悪い声音で言った。

「盗みはいかんなぁ」

そんなことを言われるなんて信じられない。アンジェは声を荒らげて否定した。

「盗んだんじゃありません！　それは確かにわたしの母の形見なんです！」

「あんたのように修道院で貧乏暮らしをしてる娘の母親が、こんな高価な品を持ってたなんて信じられないね。これはわしが預かって、本当の持ち主に返しておいてやるよ」

滅多に人を疑わないアンジェでもわかった。ネルソンはブローチを自分の懐に収めるつもりなのだ。

アンジェはかっとなって言い返した。

「あなたのしていることこそ盗みじゃありませんか！」

そのとたん、ネルソンは顔を赤黒くして恐ろしい形相でアンジェを突き飛ばした。

「貧乏人の小娘が生意気なことを言うな!!!」

「きゃ……！」

アンジェは小さく悲鳴を上げて、雪解け水でどろどろになっている道に倒れ込んだ。

「お嬢さん！」

しわがれた叫び声が聞こえてくる。顔を上げたアンジェの目に、老人とは思えない速さで走ってくる牛乳売りの老人の姿が映った。老人はあっという間にアンジェの側《そば》に来ると、起き上がるのを助けてくれる。そうしながら、ネルソンに噛みつくように言った。

「あんた！　お嬢さんに何をするんだ！」

「何をって、この小娘はわしを侮辱したんだぞ!?」

「おじいさん、ありがとう」

助けを借りて立ち上がったアンジェは、ネルソンが懐にブローチをしまい込もうとするのを見て、急いで飛びついた。

「返して！　薬を売ってくれないなら返してよ！」

また突き飛ばされそうになったけれど、今度はネルソンの手にしがみつき、足を踏ん張って耐えた。ブローチを握り込んだネルソンの拳をこじ開けようとするけれど、なかなかそうはさせてくれない。

「しつこい娘だな！　離せ！」

「お願い返して！　そのブローチだけが頼みの綱なんです！」

「何の騒ぎだ!?」

今度は若い男の怒声が聞こえた。ぎくっとして辺りを見回せば、見覚えのある自警団の男が駆けてくるのが見えた。背はあまり高くなく、ひょろっとしている。ニキビ面が特徴の彼は、確かダッドリーという名の二十歳過ぎの青年だ。

それを見て、アンジェはほっとした。ネルソンも、自警団が出てきては理不尽な主張などできはしないだろうと。だが――。

「この娘が、わしのものを盗もうとしたんだ！」

アンジェは耳を疑った。先程の言いがかりとも違う、もっと酷い嘘だった。

ショックのあまり言葉も出ないうちに、ネルソンはさらに嘘を並べ立てる。

「この娘、金もないのに薬を売れとうるさくて、今朝も早くから押しかけてきたと思ったら、店に置いてあったブローチを摑んで懐にしまおうとしやがって」

「何でおまえの店にブローチが置いてあったんだ？」

もっともな指摘に、ネルソンは悪びれず答えた。

「そりゃあ、薬の代金代わりに客が置いていったんだ」

「代金代わりに持ってきたのはわたしよ！　なのにあなたは薬を売ってくれるどころか、わたしのことを盗人呼ばわりしてブローチを自分のものにしようとしたんじゃないの！」

アンジェの言い分を聞こうとしたダッドリーに、ネルソンはなおも言う。

「小娘の言うことなど聞いちゃいけません。ほら、これを見てみなよ。修道院育ちの貧乏な小娘の持ち物にゃとても見えないだろ？」

アンジェも負けじとダッドリーに訴えた。

「それは確かに母の形見なんです！　院長先生が言っていたもの。母は裕福な家の出身に間違いないだろうって！」

ネルソンはふんと鼻で嗤《わら》った。

「その裕福なおふくろさんが、何で修道院に身を寄せたんだ？」

「それは……」

理由は知らない。院長先生も、母から何も聞いていないと言っていた。

アンジェが口ごもると、ネルソンはせせら笑うように言った。

「おふくろさんが裕福な家の出だっていうのは、おおかた院長先生が身寄りのないおまえを憐れんで考えた作り話さ」

それは違う。修道院には母が持っていたという財産が実際にあったのだから、少なくともそれだけの財力がある家の出であることは間違いない。

だが、それを主張するのはためらわれた。今すでにそのお金はなく、持っていたという証拠も存在しないからだ。ネルソンの手の中にあるブローチを除いて。

「見え透いた嘘なんかつかずに、もっとマシな方法で金を作ってくるんだな。夜に酒場の前に立っていたらどうだ？　一人や二人、買ってくれる男が現れるだろうさ」

何を言われているかわからずアンジェはぽかんとするが、ネルソンがブローチを懐にしまうのを見て我に返った。

「それはあなたのものじゃないわ！　返して！」

アンジェは叫びながら飛びかかろうとする。が、腕を強く引かれ阻《はば》まれた。

「こらこら、乱暴はいけない」

ダッドリーだった。信じられない思いで振り返ると、ダッドリーはにやにやといやらしい笑みを浮かべている。

アンジェがぞっとして身を強張《こわば》らせたとき、ネルソンがダッドリーの言葉に同調した。

「人に危害を加えようとするなどけしからん。罰せられるべきだ」

「そうだな。町の牢屋にぶちこんでお仕置きしよう」

何度目になるかわからないショックに、アンジェの目の前は真っ暗になった。

自警団員には罪人を捕まえ、軽犯罪程度であれば裁く権限があるが、罪の軽重に明確な基準はない。けれど、だからといって何もしていないアンジェを、罪人扱いするなんて酷すぎる。

「来い！」

アンジェはダッドリーに腕を摑まれ、乱暴に引っ張られる。

「離して！」

「お嬢さんを離すんだ！」

アンジェと老人が叫んだのは同時だった。ダッドリーの手をもぎ離そうとするアンジェに、老人の手が加勢する。

ダッドリーは激高し、老人を突き飛ばした。

「邪魔をするな、じじい！」

突き飛ばされた老人は、先程のアンジェ同様道に倒れ込む。

「おじいさん！　——何てことをするの！」

アンジェが抗議するが、ダッドリーは怒鳴《ど》り返した。

「うるさい！　そこのじじいまでしょっ引《ぴ》かれたくなかったら、おとなしくついてくるんだ！」

アンジェは青ざめ押し黙った。

——おじいさんを巻き込むわけにはいかない。

道に倒れた老人を心配しつつも、ダッドリーに引きずられるようについていくしかなかった。

＊　＊　＊

老人は、地面に打ち付けて痛む身体を押して立ち上がると、呆然としながらつぶやきを漏らした。

「あの方に報《しら》せなくては——」

己のつぶやきを耳にして我に返ったかのようにはっとすると、老齢とは思えない速さでその場から駆け出していた。

＊　＊　＊

牢屋は町の西の外れにある。

今は使われなくなった見張り台の半地下にあって、昼間だというのに薄暗くじめじめとしていた。

牢の一つに押し込められている最中も、アンジェは無実を訴えた。

「あのブローチは、本当に母の形見なんです！　今朝院長先生に渡されて、手放さないよう言われたけれど、院長先生の命には代えられないと思って……！」

するとダッドリーはアンジェだけではなく、自らも中に入って鉄格子の扉を閉める。そして困惑するアンジェを、床に押し倒そうとした。

「いや……っ！　何を——」

反射的に後退《あとずさ》りすると、狭い牢の中、すぐ壁に当たってしまう。汚れた壁に押さえつけられたアンジェは、もがいてその手から逃れようとした。

そんなアンジェの耳元に、下卑《げび》た声が吹き込まれる。

「金が欲しいんだろ？」

アンジェはぞっとしながらも息を呑んだ。

抵抗を忘れたアンジェに、ダッドリーは先程も見せたいやらしいにやけ顔を見せる。

「薬を買う金が欲しいんだろ？　大人しくして俺の好きにさせてくれたらやるよ」

アンジェは世間知らずかもしれないが、ダッドリーが何を要求しているかは察した。自分の身は自分で守りなさいと言いながら、昔院長先生が男女の秘め事についても教えてくれたのだ。身を捧げてもいい相手は、夫となる男性ただ一人だとも。

人を信じやすいアンジェとはいえ、さすがに言い分を聞かずに自分を牢に押し込んだダッドリーを信じられるわけがない。

アンジェは再び暴れ出した。

「だったら先に薬を買って院長先生の病を治して！　そうしたらあなたの言う通りにするわ！」

「先払いじゃなきゃダメだ！」

この男に約束を守る気がないのがこれでわかった。きっとアンジェを好きにするのが目的で、ネルソンの言い分を信じたふりをして牢まで引っ張り込んだのだろう。

町には自警団がいて牢屋もここにあるが、実際のところ牢に入れられるほどの罪人はほとんどおらず、今もここにはアンジェとこの男の二人以外、人の気配はない。牢屋周辺は何もなく、偶然人が通るとは思えなかった。

つまり、叫んで助けを求めても誰も来ないということで——。

「騙されてたまるものですか！　嫌よ！　嫌……！」

「暴れるなっ、こいつ……！」

再度ダッドリーに壁に押さえつけられそうになって揉み合いになる。ひょろっとした男だが、女の細腕で振りほどくには、腕力の差がありすぎた。

「大人しく言うこと聞くなら場所を変えてやるよ。こんなじめじめしたところでヤるなんて、あんただって嫌だろ？」

「どこでだって嫌よ！　離して！」

口付けされそうになって顔を背ければ、首元に唇が押し付けられる。そのおぞましい感触に、アンジェはぞっと身を震わせた。

白く滑らかな肌に唇を這わせながら、ダッドリーはもごもごと話し続けた。

「あんたのこと、前からいいなって思ってたんだ。でもあんた修道女目指してるのか知らないけどお高くとまってるみたいで話しかけづらかったし。……なぁ、俺んとこ来ないか？　修道院よりマシな生活させてやれるぜ？」

これはプロポーズのつもりだろうか？　だとしてもお断りだ。罪人扱いしてきた上にこんなことを強要する男と、どうして添い遂げられようか。

腕を振り回し上半身をくねらせるだけでは逃れられない。アンジェは思いきり足を振り上げた。

膝が何かに当たった瞬間、ダッドリーはアンジェの拘束を解いて、よろよろと後ろに下がる。

「このアマっ、やりやがったな……っ」

苦悶の声を上げながら背中を丸め、股間を手で押さえる。膝が当たったのがそこだと気付いて、アンジェは嫌悪感に身を震わせた。

自分のしたことが受け入れがたくて身動きが取れずにいると、ダッドリーはよろよろ牢から出ていき、鉄格子の扉を閉める。隙をついて逃げればよかったと思ったときには、鉄格子に錠がかけられてしまっていた。

「俺をこんな目に遭わせた罰だっ。好きなだけそこにいな……っ」

アンジェは慌てて鉄格子に取り付いた。ダッドリーは脂汗《あぶらあせ》を流しながらも、侮蔑《ぶべつ》の笑みを向けてくる。

「誰が気付くかなぁ。最近ここは使われてないからな」

「出して！」

鉄格子をがちゃがちゃ揺らしてみるけれど、それで扉が開くわけではない。

「気が向いたら、水くらい差し入れしてやるよ」

ダッドリーはそう言いながらアンジェに背を向け、よろよろと立ち去っていく。

そのときになって、アンジェは大事なことを思い出した。

今の修道院には、アンジェと院長先生しかいない。アンジェがここに閉じ込められてしまっては、病身の院長先生のお世話をする人が誰もいなくなる。一人きりの院長先生にもしものことがあったら――。

アンジェは必死に叫んだ。

「お願い待って！　院長先生が！　院長先生が臥せって起き上がれずにいるの！　お願い！　出してくれないならせめて様子を見に行って！」

声の限りに叫んでも、答えは返ってこなかった。足音も消え、この場に一人取り残されたことを知る。

けれど、諦めるわけにはいかなかった。諦めたら誰も院長先生の様子を見に行くことはないだろう。

誰が聞いてくれるかわからないけれど、それでもアンジェは叫ぶことをやめなかった。


牢の上部にある窓から、夕焼けの光が差し込み始めていた。それまでずっと、アンジェは叫び続けていた。声はかすれ、喉はからからに渇いて痛い。だが、思うことは院長先生のことばかりだった。

院長先生に何かあったらどうしよう……わたしの考え足らずな行動のせいで——！

「お願い、誰か聞いて！　修道院へ行って院長先生を……！」

自らの叫びが途切れた瞬間、何かの物音が聞こえてきたような気がした。アンジェははっとして耳をすます。

気のせいではなかった。馬のいななき、蹄《ひづめ》の音。男性の怒号《どごう》に続いて複数の足音。

尋常でない何かが起こっていると感じたが、そんなことには構っていられなかった。このチャンスを逃したら次はないかもしれない。アンジェは残る力を振り絞って叫んだ。

「お願い！　修道院で院長先生が臥せっているんです！　誰か看病を！」

足音がどんどん近付いてきて、牢の入り口の扉が開かれる音がした。

だが、自分に気付いてもらえたことへの喜びは、不意に不安に取って代わる。

アンジェをここに閉じ込めた男が仲間を連れて戻ってきたのだとしたらどうしよう。一人だったあのときも撃退できたのは運がよかっただけなのに、何人もいたら絶対逃げ切れない。警戒して、鉄格子から後退る。

そのとき、知らない男性の声が牢内に響き渡った。

「アンジェ！　どこだ⁉」

身体の芯まで震わすような、力強い声。焦りのまじったその声を聞いて、アンジェは本能的に助けが来たと感じた。

知らない声に名前を呼ばれたことを疑問に思うこともなく、鉄格子を掴み叫び返した。

「ここです！　わたしはここに！」

「アンジェ！」

また名を呼ばれたかと思うと、目の前が急に明るくなった気がした。

目に飛び込んできたのは、鮮やかな金髪。

その金髪の持ち主は、見上げるほど背の高い男性だった。神々しいばかりの美しさに、アンジェは我を忘れて見入ってしまう。

まっすぐ通った高い鼻梁《びりょう》。切れ長の目。髪より少し濃い、力強い弧を描く眉。シャープな顎。神が作り給《たも》うた奇跡の造形としか思えない。

アンジェは初めて出会った男性に圧倒されるあまり、その場にぺたりと座り込んでしまった。男性は牢の鍵を開けると、黒く染められた上質のコートを脱ぎながら中に入ってきた。アンジェの前で膝をつき、コートを肩からかけてくれる。

どきんと胸を高鳴らせていると、男性はひどく真剣な顔をして問い詰めてきた。

「無事か!?　何もされなかったか!?」

何故この人はこんなに必死なのだろう。アンジェは困惑しながら返事をする。

「はい、牢に入れられただけで何も……」

襲われかけはしたが、未遂に終わったから何もされなかったのと同じだと思う。

男性はアンジェを立たせながら自分も立ち上がると、アンジェの身体を見下ろした。

「泥だらけじゃないか。なのにこんな寒いところにずっといて、風邪をひいてしまう」

それを聞いた瞬間、アンジェは我に返り訴えた。

「そんなことより、修道院に帰らせてください！　院長先生は病で起き上がることもできないのに、今日一日一人にしてしまったんです！」

「なんだって……」

男性は信じられないように目を見開いた。その美しすぎるかんばせが一瞬険しくなったことに、アンジェはビクリとする。何故か怒られたような気がして。

が、男性はすぐにハッとし、困惑した様子で言った。

「だが、君だってそんな泥だらけで――」

男性が何故親切にしてくれるのかはわからない。けれどその言葉をさえぎって、アンジェはなおも言い募る。

「院長先生は町の人や旅人たちのために、懸命に働きました。それなのに、薬代を払えないせいで死ななきゃならないなんてあんまりです！　わたしのことはどのようにしてくださっても構いませんから、お願い、院長先生を助けて！」

そこからの男性の行動は早かった。牢屋の入り口のほうへ顔を向けると、あとからやって来た男たちに指示を飛ばす。

「修道院に行って修道院長の安否確認を！　医者を向かわせろ！　ヘデン侯爵の命令だと言うんだ！」

「ヘデン、侯爵……？」

アンジェは呆然としてつぶやいた。その名は知っている。何故なら、この一帯を治める領主だからだ。

とんでもなく身分の高い人物だと気付いて、アンジェは息を吸うのも忘れるほど驚いた。

そんなアンジェに、男性はさらなる驚愕を与える。

「そうだ。私はヘデン侯爵位を賜っているクリストファー・ロンズデールという。国王陛下よりこの地を拝領して治める領主でもある。……君は義理の母にそっくりだ。間違いない、君は私の義妹《いもうと》だよ」

男性はそう言うと、美しい顔に魅力的な笑みを浮かべた。


義兄と名乗るヘデン侯爵――クリストファーは、衝撃の抜け切らないアンジェを立派な馬車に乗せた。

馬車に乗ること自体初めてのアンジェは、乗せられた馬車の豪華さに圧倒されていた。大きくがっしりとした四頭の馬に、美しい彫刻と金の装飾が施された車体。内装も外に負けないくらい立派だった。臙脂色《えんじいろ》に金の細かな模様の描かれた壁。窓にはビロードのカーテンがかかり、布張りの座席は綿が入っているらしくふかふかで、お尻が沈み込んで気持ちいいけど落ち着かない。

この馬車の持ち主であろうクリストファーは、前部の小窓を開けて御者に指示をした。

「町の宿屋へ向かってくれ」

アンジェは我に返ってお願いした。

「助けていただいて恐縮なのですが……一刻も早く修道院に帰りたいんです。修道院へ向かわないのでしたら降りてもよろしいですか？」

そう言っている最中から腰を上げ、たった今閉められた扉に手をかける。その腕をクリストファーに摑まれた。

「修道院長のことは心配しなくていい。すでに医者を手配している。だから君は温かい湯に浸かって冷えた身体を温め、きれいな服に着替えないと」

「わたしは丈夫なので、寒くなんかありません。それに、修道院へ帰れば着替えがあるので大丈夫です」

「だが、声ががらがらだ。風邪をひき始めているのだと思う」

アンジェは気まずさに頰を染めながら答えた。

「これは、ずっと叫び続けていたからなんです。通りかかった人がわたしの声を聞いて院長先生のところへ行ってくれたらと思いまして……」

「……君は、修道院長のことしか頭にないんだな」

クリストファーはため息をついて、御者にもう一度話しかけた。

「行き先変更だ。修道院へ向かってくれ」

そう言って小窓を閉める。ほっとしたアンジェに、弱ったような笑みを浮かべてクリストファーは言った。

「希望通りにしてあげたよ。危ないから座ってくれないか？」

「あ……ありがとうございます！」

アンジェがお礼を言ったそのとき、馬車ががたんと動き出す。中腰だったアンジェはバランスを崩し、気付けばクリストファーの腕の中にいた。

両手を彼の肩に置き、顔のすぐ脇には柔らかな彼の金髪と形のよい耳。背中に回された腕が思いの外《ほか》強く感じられたのは、彼も驚き、焦って支えてくれたからだろうか。

「す、すみません！」

アンジェは慌てて身体を起こし、座席に座った。

まだどきどきしている。倒れそうになったからだけではない。アクシデントとはいえ、初めて男性に抱き付いてしまったからだ。逞《たくま》しい肩と腕、彼の身体からするスパイシーな香りは、離れた今でも鼻腔をくすぐり、アンジェの体温を上昇させる。

クリストファーのほうはまったく気にした様子はなく、座席の下の物入れから小さな水筒を取り出し、アンジェに差し出した。

「飲むといい」

アンジェはお礼を言って受け取ると、水筒に口をつけた。新鮮な水が渇いた喉に染み渡り、夢中になって飲んでしまう。

さもしい様を見せたことを恥じながら、アンジェは水筒を返そうとした。

「すみません。ほとんど飲んでしまいました」

クリストファーはそれをやんわりと押し返した。

「私はいいから、全部飲むといい。――それより、訊かないんだね」

「え？」

「私がどうやって義妹である君を見付けたかをだよ」

アンジェは落ち着かなくなり、水筒を持った手を膝に下ろして視線を辺りにさまよわせた。

「わたしがあなたのような方の義妹だなんて、何だか夢の中のお話のような気がして……」

義妹ということは血のつながりはないのだろうけど、自分がこんなに美しい男性と縁つづきだなんて信じがたい。

それに、彼はこの地の領主であるヘデン侯爵だという。昨年先代が亡くなり、その子息が跡を継いだと町長から発表があった。

貴族というだけでも遠い世界の人と感じるのに、領主その人だと言われても、いまいちぴんとこない。しかも自分の義兄だなんて、信じろというほうが無理だ。

アンジェの気持ちを察したのか、クリストファーは困ったような笑みを浮かべた。

「実感がないのも無理はない。追々馴染んでもらうことにして、まずはどんな経緯があったか簡単に説明しよう。――お母上は早くに亡くなったそうだね。残念だよ。君のお母上が誰なのか、どうして修道院に身を寄せることになったたか、何か聞いている？」

　アンジェは横に首を振った。

「いいえ。何も……」

「実のところ、私も義母が何を考えていたか知らないんだ。義母――君のお母上はチェイニー伯爵令嬢ジェシカ・ノーランという。婚約者がいたけれど、その婚約者を事故で亡くしてね。しかし、そのときすでに君を身ごもっていたんだ。貴族社会では、結婚していないのに子を産むということは一大スキャンダルだ。そうならないよう結婚を急ぐのが通例だが、君のお母上は婚約者を亡くしてしまっていた。そこに救いの手を差し伸べたのが、私の父なんだ。父は妻を亡くしていたから、君のお母上を後妻に迎えることは何ら問題はなかった。それで君のお母上も結婚に同意したはずなのに、臨月《りんげつ》間近のある日、突然屋敷を抜け出し、姿をくらましてしまったんだ」

　アンジェは一言も発することができないほどの衝撃を受けていた。

　母は貴族だったたばかりでなく、侯爵の後妻でもあった。しかも、アンジェは結婚前にできた子で、父親は生まれる前に亡くなっていた。

　母親が何者なのか、父親は誰なのか。それらの疑問はいつだって頭の片隅にあった。けれど、一生わからないだろうとほとんど諦めていた。

　なのに今日突然知ることができて、その上父親が――本当の父親も義理の父親もすでに亡くなっているとわかって、心が凍り付いたように動かなくなった。叶うことなら会いたいと思っていた。でも、その願いが叶うことは決してない。

黙り込んだアンジェに、クリストファーは遠慮がちに話して聞かせた。

「父はずっと君のお母上を捜していてね。父亡き後の捜索は私が引き継いだんだが、先日、この町にジェシカとうりふたつのアンジェという少女がいるという話を聞きつけたんだ。急いで準備をしてこちらに向かっていたのだけれど、この町の老人に呼び止められて君が無実の罪で投獄されてしまったから助けてほしいと言うじゃないか。急ぎ駆けつけたんだが、もっと早く来られなくてすまなかった」

クリストファーに頭を下げられ、アンジェの沈んだ心は吹き飛んだ。侯爵様に頭を下げられるなんて畏れ多い。アンジェはおろおろと両手を宙にさまよわせる。

「と、とんでもありません。頭をお上げください。助けてもらったのですから、わたしのほうがお礼を申し上げなければ——牢から助け出してくださりありがとうございます！その上院長先生にお医者も呼んでくださって、お礼の言葉もありません」

ちょうどそのとき、馬車が速度を落として停車した。はっとして小さな窓から外を見れば、見慣れた修道院の建物の一部が見える。

アンジェの逸《はや》る気持ちに気付いたのか、クリストファーは彼女の頭を撫でて優しく微笑んだ。

「さあ、急いで着替えておいで。一日中姿の見えなかった君のことを、修道院長はきっと心配しているよ」

「ありがとうございます！」

アンジェはお礼を言うと、開かれた扉から飛び出し修道院に駆け込んだ。

自分の部屋に向かう途中、ふと頭に手をやる。

頭を撫でられるなんて久し振りだ。何だか子どものころに戻ったような、くすぐったい気持ちになった。


自室に戻って着替えをし、部屋から飛び出すと、アンジェは人にぶつかってしまった。

「すまない。大丈夫？」

そう言ってアンジェの両肩を摑むのは、牢屋から助け出し修道院まで送ってくれたクリストファーだ。

「あ……はい。だ、大丈夫です」

アンジェはうろたえながら返事をした。院長先生が寝込んでから、廊下で行き交う人などいるわけがなかったし、何より女子修道院の中に男性がいるという状況が普通じゃない。緊急事態とはいえ、そわそわと落ち着かなくなる。

落ち着かない理由はもう一つあった。

「修道院長のところへ行こう」

クリストファーはそう言いながら、アンジェの肩を抱く。強めの力で引き寄せられて肩どころか腕もぴったり彼と密着してしまう。

女性しかいない修道院で暮らし、外に出ても男性を避けていたアンジェにとって、今日は初めての体験だらけだった。牢で襲ってきたダッドリーには嫌悪感しかなかったが、クリストファーを前にすると全然違う。どぎまぎして逃げ出したい気分になる。

決して嫌なわけではない。ただ、ほとんど男性と接する機会なく育ってきたので、こんなふうに近付かれることに慣れない。

これが貴族の兄妹の距離なのだろうか。そもそも血のつながった兄妹といえども男女が過度な接触をするのはふしだらだと教えられていたし、町で見かけたきょうだいだってこんなふうにくっついているところは見たことがない。

いろいろ考えているうちに、気付けば院長先生の部屋はすぐそこだった。

今は院長先生のことを考えなければ。

アンジェは気持ちを切り替えて、扉を開け放してある部屋へ足を踏み入れる。

「院長先生！」

すると、室内にいた三人の男性のうち二人が振り返り、アンジェの後ろにいるクリストファーに一礼して両脇に退いた。もう一人の男性はベッドの傍らの椅子に腰掛けていて、院長先生に毛布をかけると、ゆっくりと立ち上がった。総白髪で少し背中が曲がっており、どことなく傲慢《ごうまん》な雰囲気がある。

男性は、アンジェの隣に立ったクリストファーにだけ目を向け、それからうやうやしく頭を下げた。

「ヘデン侯爵でいらっしゃいますか？　お初にお目にかかります。この町の医者、モーリス・クリプトンと申します」

挨拶を聞く気分ではないと言わんばかりに、クリストファーはぴしゃりと言う。

「修道院長の容態は？」

モーリスは一瞬顔をしかめたが、すぐに表情を取り繕い、もったいぶったように話した。

「ただの風邪です。ですが高齢なのと、栄養状態がよくないようなので悪化したのでしょう。幸い肺炎にまではなっておりませんでしたので、薬を飲んで滋養《じよう》のあるものを食べ、あとはしっかり養生すれば治ります」

「風、邪……」

もっと悪い病気ではないかと心配していたので、安堵のあまりその場にくずおれてしまいそうになる。クリストファーは、そんなアンジェの肩を抱いて支えた。

「ああ……！　よかった、神様――」

アンジェは両手で顔を覆って涙をこらえる。そんなアンジェの耳に、院長先生の困惑した声が届いた。

「アンジェ、どうしてヘデン侯爵がこちらにいらっしゃるの？　何故お医者様がここに？　まさか形見のブローチを使ってしまったのではないでしょうね？」

顔を上げると、慎重に身体を起こしながらもアンジェに咎めるような視線を向けてくる院長先生と目が合う。

アンジェは、叱られた子どものように肩をすくめた。薬の代金にしようとしたブローチを奪われ、挙句牢に入れられて男性に襲われかけたなんて話は、とてもじゃないが聞かせられない。

けれど、嘘をつくことにも抵抗があったアンジェは、何とも答えようがなく口ごもる。するとアンジェの肩を抱く腕にぐっと力が入った。

「いいえ。形見のブローチのおかげで、アンジェの身元が確かになったのです」

「ヘデン侯爵、このような恰好で申し訳ありません」

そう言ったとたん、院長先生の身体はぐらりと揺れる。

「院長先生！」

アンジェは無意識のうちにクリストファーの腕を振りほどき、身を屈めて院長先生の身体を支えた。

アンジェにすがりつくように身体を起こそうとする院長先生に、クリストファーは穏やかな声で話しかけた。

「そのままで結構です」

「ですが……」

「義妹の恩人に無理はさせられません。さあ、横になって」

「義妹ですって？　アンジェのこと？」

驚いた院長先生は、アンジェとクリストファーに促されるままに身体を横たえる。それから、病身とは思えないほど強い眼差しをクリストファーに向ける。

「一体全体、どういうことなのでしょう？　何故アンジェが侯爵様の義妹だとわかったのですか？　今になって……」

他の部屋からもう一脚椅子が運ばれてきて、アンジェは枕元に近いほうの椅子を勧められた。アンジェがおずおずと座ると、クリストファーは持ち込まれた椅子に座ってこれまでの経緯を説明し始める。そして最後にこう言った。

「――それで急ぎこの町を訪れたのですが、あなたのために助けを求めるアンジェと偶然行き合ったのです。私が誰だか知るや、形見のブローチと引き替えにあなたを助けてほしいと懇願されました」

院長先生は、険しい表情をしてアンジェに言った。

「あなたの身元を示す大事なものを手放そうとするなんて……侯爵様がお義兄様でなかっ

たらどうなっていたと思うの？　一生自分が誰だかわからず生きていかなければならなかったかもしれないのよ？　ここでわたしの命が尽きても、それが神の思し召しだと言ったでしょう？」

いつ死んでもかまわないと言わんばかりの院長先生の口調が嫌で、アンジェは言い返した。

「それを言うなら、こうして助かったのも神様の思し召しだわ。これからは他の人の命だけじゃなくて自分の命も大事にして」

アンジェは、自分の目に涙がにじむのを自覚する。それに気付いたのだろう。院長先生は「アンジェ……」とつぶやいたきり黙りこくる。

室内におりた沈黙を破ったのは、クリストファーだった。

「形見のブローチが決定的な証拠になりましたが、それがなくとも私には一目で義妹だとわかりました。アンジェは彼女の母親であるジェシカにそっくりですから」

院長先生は、一息ついてからクリストファーの言葉に応えた。

「ジェシカ……それがアンジェのお母様の本当の名前なのですね」

そう呟く院長先生は、ブローチが今ここにないことに気付いていないようだった。

嘘のつけないアンジェに代わって、嘘をついてくれたクリストファーはよどみなく、穏やかな微笑みを浮かべて話をしている。

先刻出会ったばかりの義妹のためにこんな芝居をしてくれるなんて、アンジェの心は驚きと感謝でいっぱいだった。

兄とはこのように妹を守ってくれるものなのだろうか。そう思うと何だかくすぐったい気分になる。

クリストファーは、説明をこの言葉で締めくくった。

「アンジェを保護し育て、形見のブローチを大事に保管してくれたことに感謝します。お陰で行方知れずだった義妹を見つけることができました」

院長先生は、肩の荷が下りたかのようにほっとした笑みを浮かべた。

「神に仕える者として、当然のことをしたまでです。侯爵様のような人柄のよいお義兄様がアンジェを迎えに来てくださって、わたしのほうこそお礼を申し上げたいくらいです。――侯爵様の義妹君《いもうとぎみ》だとわかったからには、もう気安く呼ぶわけにはいきませんね。アンジェ様とお呼びしなければ」

他人行儀に突き放された気分になって、アンジェは院長先生の手を握り、首を横に振った。

「今まで通りアンジェと呼んで。わたしが何者であろうと、院長先生はわたしを育ててくれたただ一人の人よ」

慈しみを込めて見つめれば、院長先生の目も愛情で溢れる。

不意にクリストファーが口を開いた。

「ところで、突然で申し訳ないのですが、今日これからアンジェを連れて帰りたいと思っています」

アンジェはぎくっとして身を強張らせた。

迎えに来たと言うからには、連れて帰りたいと思ってくれていることはわかる。身内に歓迎してもらえることは嬉しいけれど、院長先生とは離れがたいし、そもそも今は病身の彼女を置いて去るわけにはいかない。

アンジェは申し訳なく思いながらクリストファーに言った。

「申し訳ありません。もうしばらく修道院にいさせてください。院長先生はまだ起き上がれないでしょうし、起き上がれるようになったらまた無茶をするに決まっています。修道院にはやることがいっぱいありますから。病み上がりで無理をしたら、またベッドに逆戻りです。大丈夫とわかるまで、側についていたいんです」

気分を害されないかという不安でクリストファーを見られず、うつむいて身体を強張らせる。そんなアンジェの肩に、大きな手の重みがかかった。

「……人を雇って、修道院長の看病と修道院の仕事をさせよう。お金のことは心配いらない。君をずっと保護してくれていたお礼に私が出す」

アンジェは驚いて顔を上げた。

「そこまでしていただくわけには――」

断ろうとして言葉を探す。申し出はありがたいが、自分でしたいのだ。院長先生は無理をしてすぐにお勤めに戻ろうとするだろう。完治するまで始終見張っていてほしいなんてさすがに言えない。

次の瞬間、アンジェはびくりとした。一瞬クリストファーの表情が強張っているように見えたからだ。やはり気分を損ねてしまったのだろうか。

が、彼はすぐに優しい微笑みを浮かべ、アンジェの気持ちを察してくれた。

「遠慮することはないよ。この町は寂れていっているようだからね。働き口が少しでも増えれば、多少暮らし向きが楽になるだろう。それにねアンジェ、私は君を早く連れて帰りたいんだ。ようやく会えた義妹とこれ以上離れて暮らしたくない」

切々と言われ、胸が熱くなった。アンジェは身内から見放されていたわけではなかった。クリストファーは安否がわからなかった身内をずっと案じ捜し続けてくれていたのだ。それなのにアンジェがここに残ると申し出たのだから驚いたに違いない。

院長先生も、毅然とした表情をしてアンジェを諭《さと》した。

「アンジェ。あなたが帰ると言うのなら、侯爵様のご厚意を受けようと思います。あなたに心配をかけないよう、しっかり養生もします。――だから、あなたがいるべき場所へ帰りなさい。そうしてわたしを安心させてちょうだい」

こうまで言われてしまっては、もう修道院に留まれない。院長先生にとって、アンジェは共に働く仲間ではなく、亡き母から引き受けた責任なのだ。

また泣きそうになると、院長先生は表情をやわらげてなぐさめるように言った。

「今回は生き延びることができそうだけれど、わたしの老い先が短いことに変わりはないわ。わたしが死んだあと、若いあなた一人に修道院を背負わせることになってしまうのではないかと心配だったの。お義兄様に見つけてもらえてよかった。アンジェ、あなたがいてくれたおかげで、一生叶わないと思っていた母親の気分になれたわ。結婚するあなたを見送るのがわたしの母親としての最後の務めだと思っていたけれど、こうして本当の家族にお返しできることもわたしにとって大きな喜びなの」

「院長先生……」

涙声で呼べば、ずっと肩に置かれていた手に力がこもった。

「今から出発すれば、新街道沿いの町まで戻れる。さあ」

クリストファーはアンジェを立たせて戸口へと促す。別れを惜しむ時間もない。心細くなって振り返れば、院長先生も強く促してきた。

「行きなさい。行って幸せになって」

涙をこらえながら、クリストファーに促されるままアンジェは立ち上がった。

「また来るから」

寝台の上で見送る院長先生に、アンジェはその一言しか言えなかった。

舗装が壊れかけた道を、馬車ががたごとと進む。小さな窓から見えるのは、すでにアンジェの知らない風景だった。

アンジェが生まれ育った町を出たのはこれが初めて。その初めての遠出がまさか、院長先生や修道院との別れになるなんて思ってもみなかった。

鼻がつんとして思わず眉根を寄せると、向かいの席に座ったクリストファーが小さな声を漏らした。

「すまなかった」

「……え？」

ぼんやりしていたアンジェは、聞き間違いかと思ってしまう。だがクリストファーは申し訳なさそうな笑みを浮かべて話し始めた。

「今日新街道まで戻ることができれば、一日早く王都に着くことができる。そう思ったら気が急《せ》いてしまってね。修道院長とろくに別れの挨拶もできないまま連れ出されて、心残りなんだろう？」

いいえ、とも答えられず、アンジェは何とか微笑んだ。

「侯爵様には、院長先生や修道院のために、大変よくしていただきました。ですから、……気にしないでください」

　あいまいな返事でも、クリストファーはほっとしたらしい。幾分表情が明るくなった。

「社交シーズンが一段落したら、修道院長に挨拶に行こう」

　アンジェは自分を恥じて頬を赤らめた。院長先生に二度と会えないなんて、どうしてそんな悲観的なことを考えたのか。クリストファーは、出会った瞬間から親切だった。そんな彼が、院長先生に会いに行きたいという望みを叶えてくれないはずがない。

「ありがとうございます……」

　はにかみながらお礼を言うと、クリストファーは驚いたように一瞬目を見開き、それからまぶしそうに目を細めて微笑んだ。

「ああ、ようやく笑ってくれたね」

　これまで彼の前で笑わなかっただろうか？　そうかもしれない。いろいろありすぎて笑っている余裕がなかったから。よくしてもらっているのだからせめてもっと笑えばいいのに、アンジェはそれができなかった。

　愛情のこもったような笑みを向けられ、どぎまぎして顔を上げていられない。クリストファーほど美しい男性に出会ったのが初めてなら、そんな男性に微笑みかけられるのも今日が初めてだった。相手は義兄だというのに、ときめいてしまいそうになる。

　いけない、駄目駄目――アンジェはそう自分に言い聞かせる。

教会の教えで、血のつながったきょうだいが恋愛関係になることは禁忌とされている。

義理のきょうだいであっても互いに男女として見ることは「身内に欲情を抱くなどふしだらだ」と思われてしまうのだ。

そんな風に葛藤するアンジェの気持ちには気付いていない様子で、クリストファーは「あ、そうだ」とつぶやいた。ジャケットの内ポケットに手を入れ、取り出したものを手のひらの上に載せて差し出してくる。

「返しておくよ」

「これは……どうして侯爵様が？」

それは、ネルソンに奪われたはずのブローチだった。亡き母が唯一、娘に受け継がせたいと願った品。院長先生のためなら惜しくないけれど、本当は手放したくなかった。

「君を助けてほしいと嘆願してきた老人が、ブローチのことも話してくれてね。特徴を訊いたら君のお母上が大事にしていたブローチだとわかったから、人をやって取り返したんだ」

アンジェは震える指でそれに触れようとした。けれど受け取りたい気持ちを途中で振り切り、クリストファーの手のひらごとブローチを押し返す。

「これは、侯爵様に差し上げます。院長先生にお医者様を呼んでくださって、他にもいろいろ……このブローチくらいではお礼にはとうてい足りないでしょうが……」

これはすでに院長先生のために使ったものだ。鋭い胸の痛みに苛《さいな》まれながらもそう割り切ろうとする。

するとクリストファーはいったんブローチを持つ手を引っ込め、今度はその手をアンジェの胸元に伸ばしてきた。彼の指が鎖骨と胸の膨らみの間に触れ、胸がどきんと大きく跳ねる。驚きのあまり動けないでいるうちに、クリストファーはアンジェのブラウスの胸元にブローチを留めてしまった。

「これは、君のお母上が婚約者である君のお父上から贈られた品だよ。お父上の故郷には良質な琥珀《こはく》の採れる地層があって、そこで採れた最上級の琥珀をブローチにしてプレゼントしたのだそうだ。私の父と結婚したあとも、君のお母上は毎日そのブローチを身に着けて大事にしていた。それはお母上の形見だというだけではない。お父上の形見でもあるんだ。手放したりしてはいけないよ」

今日はどうも涙腺が緩んでいるらしい。アンジェの目はじんわりと潤んでくる。

クリストファーは、しげしげと眺めてから目を細めて微笑んだ。

「似合っているよ」

着古したブラウスに高価なブローチなんて似合っているわけがないと思うのに。

アンジェはクリストファーの笑みにつられ、ぎこちなくも微笑んだ。

第二章

　それから十日後、アンジェは王都にあるヘデン侯爵の屋敷に到着した。

　知らない土地、知らない人たち、知らない貴族生活。不安でいっぱいだったはずなのに、王都を見たらそんな気持ちは吹き飛んでしまった。

　馬車や人でごった返す道。道の両側には、三階も四階もある建物がひしめき合う。田舎しか知らないアンジェは、馬車と人の多さと見上げるほどの高い建物に圧倒されていた。

　そんな都の一角に広い庭を持つ大きな屋敷が立ち並び、その中でもひときわ大きな屋敷の敷地に馬車は入っていく。

「何て広くて美しいお庭なの……」

　呆然とつぶやくアンジェに、クリストファーは軽い笑い声を立てた。

「領地にある本宅の庭はこんなものじゃないよ」

馬車を降りてからも、驚きの連続だった。

家令をはじめとした大勢の使用人のお出迎え。石造りの屋敷は、外観だけでなく内装も見事だった。わずかにマーブルの入った白い大理石に、金の燭台、通路には鮮やかな赤のカーペットが敷かれている。道中に宿泊した宿でも豪華さに圧倒されたが、この屋敷はそれらの宿の比ではなかった。

「早速君の部屋に案内してあげよう」

クリストファー自らが案内してくれたアンジェの部屋は、一人で使うにはもったいないほど広かった。小鳥がモチーフになった金銀陶器の装飾品がいくつも飾られている。そのいずれにも、柵のような装飾が施されていた。よくよく見ると、それらは鳥籠のようだ。

小鳥を閉じこめたかのごとき装飾品の数々に、アンジェは言い知れない不安を覚えた。自由に空を舞う小鳥をわざわざ閉じこめたモチーフなんて、なんだか変だ。それとも、これが貴族の間で流行しているのだろうか。

アンジェは頭の中で渦巻いた考えを振り払った。せっかく用意してもらった部屋なのに、こんなことを考えてしまうなんて。

気を取り直して部屋を見回していたそのとき、一枚の絵に気が付いた。少し高い位置に掛けられたその絵を見上げていると、隣に立ったクリストファーがそっと肩に手を置き、教えてくれる。

「君のお母上の肖像画だよ。君によく似ているだろう？」

言われた通り、アンジェによく似ていた。最初、何故自分の絵があるのかと思ってしまったくらいだ。だがよく見ると目の色は違う。アンジェは緑色だけれど、母の目はブローチについている宝石によく似ている。

「お母上の目は琥珀色だったんだ。それもあって、君のお父上は琥珀を贈り物に選んだのかもしれないね。ほら、肖像画の胸元のブローチを見てごらん。君の持っているブローチとデザインがそっくりだろう？」

確かに、形見とそっくりなブローチを、肖像画の女性は着けている。

アンジェは安堵のため息をもらした。

自分は本当にヘデン侯爵の義妹なのかと疑う気持ちがあったのだ。母が裕福な家の出であることは疑ったことはなかったが、侯爵の後妻だったなんて話が上手《うま》すぎる。実は他人のそら似でしたと言われるのではないかとずっと思っていた。

だがよく似た容姿をしている上にまったく同じブローチを持っているのだから、他人であるとは考えにくい。それでようやく、アンジェは自分がヘデン侯爵の義妹であると納得することができた。

「アンジェ、お母上の肖像画に見入っているところすまないが、私は失礼するよ。旅の汚れを落として着替えたら、私のところへ来てくれ」

我に返ったアンジェは、慌てて返事をする。

「すみません！　はい、わかりました」

クリストファーが出ていくと、家政婦から三人の小間使いを紹介される。アンジェはさっそく彼女たちに風呂へ連れていかれ、身体のすみずみまで洗われた。

他人に裸を見られるのも、ましてや身体を洗われるのも恥ずかしい。宿の使用人にも洗われたが、そのときは一人か、せいぜい二人だった。入浴のお手伝いはいらないと言っても小間使いたちを困らせるだけだし、クリストファーに頼んでも「自分一人で洗うのは難しいよ。身体のすみずみまできちんと手入れしてもらいなさい」と言われてしまった。

それで三人もの小間使いによる手入れを黙って我慢していたのだが、宿のときと違ってヘデン侯爵の屋敷の小間使いたちはおしゃべりだった。

「お肌がきれーい！　生まれたての赤ちゃんみたいですわ」

「お胸は少々小さめですが、張りがあってとてもよい形をしていますわ」

「大きくてぷりんとしたお尻！　お尻が大好きな男性も多いと聞きますし、何より安産型ですから、きっと社交界ではおモテになるでしょうね」

洗われながら自分の身体のことを聞かされて、顔から火を噴きそうだ。

でも、一ヶ所だけ誇らしく思ったものがある。

「何て艶《つや》やかな髪なんでしょう。細かなウェーブの一つひとつに光が反射して栗色の髪が輝いて見えますわ」

屋敷に来る道中も連日洗われ油を塗ってもらったおかげで、どうしようもないほどほつれていた髪が、自慢の髪に生まれ変わっていた。身体を洗われるのには慣れないけれど、髪の手入れだけはしてもらえたらいいな、なんて贅沢なことを考えてしまう。

修道院をあとにした日から、アンジェの生活はそれまでのつつましいものから劇的に変化していた。

豪華な客室に豪華な食事。初めて宿に泊まった夜から、早くも衣類が新調された。肌触りのよい下着に夜着。フリルがふんだんにあしらわれた可愛《かわい》いドレス。しかもこの十日間、着替えのたびに次から次へと新しいドレスが出てきて、アンジェはクリストファーに一言言わずにはいられなかった。

――着るものは一着か二着で十分です。わたしのために散財なさらないでください。

――散財なんかじゃないよ。それに今までずっと義兄《あに》らしいことをしてこられなかったから、君に何でも買ってあげたくて仕方がないんだ。

悲しげに言われ、アンジェは言葉に詰まった。

とてもよくしてくれるクリストファーの希望ならできるだけ聞いてあげたい。けれど、お金の無駄遣いを許容するのは違う気がする。

渋るアンジェに、クリストファーはなおも言った。

——領地の運営は上手くいっているし、事業も成功しているから、財産なら十分あるんだ。君が生まれてから今までの成長を、私は見逃してきた。だからせめて、いろんなドレスで可愛く装った君をこの目に焼き付けておきたいんだ。

切々と訴えられては、アンジェが折れるしかなかった。それに、新しいドレスを身に着けたアンジェを見るたびに、クリストファーがまぶしそうに目を細め「とても可愛いよ」とほめてくれるものだから、アンジェもふわふわとした気分になってしまう。

ともあれ、そんなふうに旅の間にたくさんのドレスを買ってもらったため、これ以上新調されることはないと思っていた。

ところが、髪を乾かし終えて衣裳部屋に入ると、そこには見たことのないドレスがずらりと並んでいた。それらのドレスはフリルがあまり使われておらず、胸元や袖、スカートなどにレースや刺繍やたっぷりとしたドレープのある大人っぽいデザインだった。

小間使いの一人が、その中からレモンイエローのドレスを選んでアンジェの前に持ってくる。首元が締まっていて、襟ぐりと前合わせの両側、袖口、スカートの裾に白いレースがあしらわれている。

あまり広がっていないペチコートを穿かされると、そのドレスを着せつけられた。

それから大きな鏡のついた化粧台の前に座るように言われ、髪をハーフアップに結われ、花をかたどった髪飾りをつけられる。鏡の中で見る間に綺麗になっていく自分に、アンジェは未だに驚きを禁じ得ない。

それが済むと、小間使いたちはアンジェから一歩離れてあちこちの方向からじろじろと眺めた。

「はい、完成です！　さあ、侯爵様がお待ちかねですので参りましょう」

クリストファーが何を待ちかねているのか理解できないまま、アンジェは部屋の外へ連れ出され、一人の小間使いの案内で長い廊下や階段を進む。

別棟の三階まで来ると、小間使いは大きな両開きの扉の前に立ちノックをした。

「侯爵様、アンジェ様のお支度が調《ととの》いました」

「アンジェに入ってもらいなさい」

扉の向こうから、クリストファーの低く響きのよい声が聞こえてくる。

「かしこまりました。アンジェ様、どうぞ」

小間使いはそう言って扉を大きく開ける。

扉の向こうには、重厚な部屋が広がっていた。暗色《あんしょく》の壁紙に、焦げ茶色に磨かれた家具類、窓には深緑のカーテンがかかっている。唯一、壁際に置かれた緋色《ひいろ》のソファだけが色彩を放っている。

窓際の大きな机の向こう側に、窓から差し込む夕日を背にしたクリストファーがいた。

椅子から立ち上がった彼は、入り口に立ったままもじもじしているアンジェにゆっくりとした足取りで近付いてくる。

「新しいドレスも似合っているね。ちょっと大人っぽい感じになって素敵だよ」

アンジェは照れてうつむいた。義妹だから大袈裟に言ってくれているのだろう。けれど、こうやってまたまぶしいものでも見るかのように目を細められると、本当にそう思われている気になってしまいどぎまぎする。

義兄に対してこんな反応をするのはよくないと思いながらも、気分を落ち着かせることはできなかった。

その原因は他にもある。

これが兄妹の距離なのだろうか？　クリストファーはスキンシップが多いように思う。今もアンジェの肩を抱き、緋色のソファへエスコートする。

アンジェをソファに座らせ彼もその隣に腰掛けるが、逞しい太腿がスカートやドロワーズ、ペチコートまで穿いた脚にも感じられるくらいぴったりくっつく。太腿がそれだけ触れ合うのだから、上半身はもっと密着した。

クリストファーはソファの背もたれに腕を置き、アンジェの肩を抱く。吐息が感じられるばかりか、腕や胸板がアンジェに触れて体温を伝えてくる。

こんなことが続いたら心臓がどうにかなってしまいそうだ。それとも、だんだん慣れていけるものなのだろうか。

いつの間にか扉は閉まり、クリストファーと二人きりになっていた。それに気付くと、アンジェの緊張はますます高まってくる。

「——聞いてる？」

心地のよい低音で問われ、アンジェははっと我に返った。

「すみません。ええっと、何でしょう？」

クリストファーは小さく笑ってから、話を繰り返してくれた。

「五月から始まる社交シーズンまで、あと二ヶ月もない。それまでに君に覚えてもらいたいことが山ほどある。教師を何人か呼ぶけれど、時間が少ないから大変だと思う。無理そうなら来年に延ばしてもいいけれど、君は今年で十八歳になっただろう？　できたら今年社交界入りしてほしい。頑張ってくれるかな？」

貴族は働かないと聞いていたけれど、しなければならないことはたくさんあるらしい。アンジェはそれが仕事なのだと考えることにし、元気よく返事をした。

「はい！　頑張ります！」

思いの外大きな声になってしまい、アンジェは頬を赤らめる。子どもっぽいと呆《あき》れられてしまっただろうか。そろそろとクリストファーの顔に目を向けると、彼は微笑ましげに目を細め、立ち上がってアンジェに手を差し出した。

「じゃあ早速教師たちを紹介するよ」

クリストファーの微笑みに、アンジェはまたどぎまぎしてしまうのだった。

クリストファーが大変だと言っていた教育だが、開始早々意外なことが判明した。完璧とまではいかないが、国の歴史をはじめとした一般常識を、アンジェはすでに身につけていたのだ。

クリストファーは教師たちからその報告を受けたようで、王都に到着した日から一週間後、夕食の席でアンジェをほめた。

「教師たちが言っていたよ。君が覚えている知識はちょっと古いものだけれど、基礎がしっかりしているって。誰に教わったんだい？」

クリストファーとこうして夕食をとるのは、この屋敷に到着した日以来だった。長らく王都を離れていたため、クリストファーにはやらなければならない仕事が多々あったのだという。連日王宮に行っては夜遅く帰ってくるので、ここ一週間、おはようとおやすみの挨拶しかできなかった。

赤を基調にし至る所に金の装飾が施された部屋。何人一緒に食事ができるのだろうと考えずにはいられない長い長いテーブルには、シミ一つない真っ白なクロスが全体にかけられている。

そんな大きなテーブルなのに、着席して食事をとっているのはアンジェとクリストファーの二人だけ。端っこの斜向かいに座った二人の前には美しい花が飾られ、その手前には山盛りのパンと果物が置かれていた。

好きなときに好きなだけ食べていいというそれらの他に、野菜をとろとろに煮込んだスープ、こんがりと焼かれた山鳥、口の中でほろりと崩れる牛肉の煮込み、パイやキッシュなどが次々と運ばれてくる。ただでさえ量が多くて食べきれないのに、コルセットをぎゅっと締め付けているためよけいお腹《なか》に入らない。

アンジェに比べ、クリストファーはよく食べた。男性だし身体が大きいからかもしれない。上品な所作で、目の前の皿を見る間に空にしていく彼に、アンジェはついつい見惚れてしまう。

先程王宮から帰ってきたばかりのせいか、彼は輝かんばかりの金髪を整髪剤で撫で付けている。王都に来るまでの旅の間もそのようにしていたけれど、大人の男性の魅力に溢れる彼にどうしても惹き付けられてしまう。

またぼうっとしてしまった自分を、アンジェは心の中で叱咤する。義兄に見惚れてしまうなんて恥ずかしい。

それから気を取り直し、フォークとナイフを持つ手を止めて、控えめに微笑んだ。

「院長先生が教えてくださったんです。院長先生は貴族の出身で、一通りの教育を受けたのだそうで、『この先どんな人生が待っていようと、この知識は無駄にはならない』とおっしゃって、食事や休憩の時間にいろいろ教えてくださって……」

院長先生は今どうしているだろうか。別れてまだ二十日足らずなのに、もう恋しさが募っている。

しんみりして視線を手元に落とすと、斜め後ろから厳しい声が聞こえてきた。

「そうした中途半端な知識が、一番やっかいなのです。アンジェ様、フォークとナイフを持つ角度がおかしいですわ。何度も注意したでしょう？」

マナーの教師兼付き添い人のサンドラ・パークスだ。痩せぎすな中年の女性で、いつもつんけんしているせいか顔立ちはきつく、白髪交じりの髪をきつく結って後頭部でまとめている。

アンジェは困惑しながらもう一度手元に視線を落とした。言われた通りに直しているはずなのに、どこか違うらしい。

どこがどうおかしいのか訊ねたけれど、「そんなこともわからないの？」と言いたげに片方の眉を上げられただけだった。これでは、本当に正しい持ち方などわかるわけがない。

反発を覚えるが、サンドラはクリストファーがアンジェのためにつけてくれた家庭教師のうちの一人だ。ぐっと我慢するしかない。

「はい、すみません……」

何とか頑張って謝罪の言葉を絞り出す。するとクリストファーがおもむろに口を開いた。

「パークス女史、教育は始まったばかりだ。もう少し長い目で見るように」

威圧的な口ぶりに、アンジェは目を丸くする。アンジェはクリストファーからこんな口調で話しかけられたことがない。

そういえば、他の使用人たちに対しても、クリストファーはアンジェに対するのとは違う威厳ある口調で話していた。そういう一面を見るたびに、彼が侯爵という人の上に立つ人間であることを意識せずにはいられない。

サンドラは難色を示すように眉をひそめる。

「ですが社交シーズンが始まるまであと――」

クリストファーは強い声音で遮った。

「一般常識の勉強が少なくて済む分、マナーの勉強に時間を割くことができる。余裕を持って教えられるはずだ」

「――はい」

サンドラは不承不承返事をする。

アンジェがこっそり安堵のため息をつくと、声音を和らげたクリストファーが問いかけてきた。

「とはいえ、君が頑張っているのは事実だ。明日は息抜きにピクニックに行くというのはどうだい？」

「ピクニックですか!?」

弾んだ声を上げると、またサンドラに注意される。

「アンジェ様、大声など出してはしたない――」

クリストファーは手を上げてサンドラを制し、それからアンジェを見てにこにこと笑った。

「ほら、王都に来る道中、大きな湖が見えて驚いていただろう？　その湖に行ってほとりを散策してみるのはどうかと思ってね」

ピクニックなんて、小さいころ以来だ。しかも行き先はとても興味を引かれた湖。行ってみたい。けれど、サンドラが何と言うか。

返事ができずにいるアンジェに、クリストファーはさらに誘いかけてきた。

「明後日《あさって》からしばらく屋敷を離れなくてはならないから、ピクニックに行くとしたら明日しかないんだ。私も一度息抜きをしたい。アンジェ、付き合ってくれるかい？」

クリストファーの願いなら叶えてあげたい。アンジェはあまり後ろめたさを感じずに、彼の誘いを受けることができた。

うきうきしながらなかなか寝付けない夜を過ごした翌朝、少しがっかりする出来事があった。

「サンドラさんも一緒に行くんですか？」

外出着に着替え、巾着《きんちゃく》とパラソルを持ったサンドラが玄関に現れたのを見て、アンジェは落胆を隠せない。それに気付いてか、サンドラはつんとすまして答えた。

「当然です。わたくしはあなたの付き添いですから」

サンドラが一緒だと思うと、せっかくのピクニックも楽しめる気がしない。

内心しょんぼりしながらクリストファーが来るのを待っていると、玄関ホールの階段上に彼が現れた。白い手袋をはめながら、急いで下りてくる。

「待たせてすまない。行く前に片付けなければならない用事が入ってしまってね」

「いえ、そんなに待っていませんから、気にしないでください」

侯爵であるクリストファーのもとには、毎日何件もの問題や相談事が持ち込まれる。待ったなしの案件もしばしばあり、帰宅を待ちかねて家令が報告するのは毎夜のことだった。大変で重要な務めであることはわかっているので、待たされたからといって不満を言う気はまったくない。

目の前までやってきたクリストファーはこれまた魅力的だった。砂色の上着とズボンに、焦げ茶色のコートを腕にかけている。平民の服によくある色なのに、クリストファーが身にまとうと、どうしてこうも上品で洗練されて見えるのだろう。今日は遊びに出かけるからか、整髪剤で髪を整えていない。波打つ金髪が目元までかかって、それがさらさらと揺れる様も素敵だ。

アンジェがぼうっと見つめていると、クリストファーはくすりと笑って声をかけてくる。

「じゃあ行こうか」

そう言ってアンジェの肩を抱き、外へ向かおうとする。

だがその後ろをいそいそとついてくるサンドラに気付いて、すぐに足を止めた。

「ああ、言い忘れていた」

アンジェの肩から手を離し振り返ったクリストファーは、サンドラにさらりとこう言った。

「パークス女史はついてこなくていい。今日一日休暇を取ってくれ。部屋でのんびりするのもよし、外出するのなら馬車を手配するよう家令にも申し付けておく」

サンドラは、明らかにがっかりした顔をした。彼女もピクニックを楽しみにしていたのかもしれない。しかしすぐにその表情を隠し、毅然として意見を述べた。

「お二人だけで行かれるのはどうかと」

クリストファーは、すかさず反論する。

「私たちは兄妹なのだよ？　何か問題があるとでも？」

あまりにも堂々とした態度に、サンドラも引き下がらざるを得なかったのだろう。

「い、いえ……」

しどろもどろに答えると、一歩二歩後退った。

馬車は二台用意されていて、アンジェはクリストファーとともに一台目に乗って出発した。

馬車が王都を出て街道を走り出しても、アンジェはサンドラのことが頭から離れなかった。向かいの席に座るクリストファーとのおしゃべりは楽しいけれど、会話が途切れるとサンドラのことで頭が占領されてしまう。あんな不満そうな顔をするとは思わなかった。サンドラも連れていってほしいとお願いしなかったアンジェは意地悪だろうか。

ぼんやりしながら窓の外を眺めると、ピクニックは楽しみじゃないかな？」

「浮かない顔をしているけれど、ピクニックは楽しみじゃないかな？」

アンジェはクリストファーのほうを向き、慌てて否定した。

「いいえ！　そんなことはありません――ただ、サンドラさんのことが……」

「パークス女史とピクニックに来たかった？」

「違います！」

うっかり力強く即答してしまう。笑いをこらえるクリストファーを見て、アンジェは顔を赤らめた。

「気付いているよ。パークス女史と一緒に待っていた君が、がっかりした顔をしていたからね」

　顔に出ていたなんて恥ずかしい。アンジェはうつむきがちになりながらぽつぽつと話し出した。

「サンドラさんはわたしのためにいろいろと注意してくださっているのに、そのことを感謝できないでいる自分が嫌になります」

「ナイフとフォークの角度がどうとかいうのは、気にすることはないよ」

　てっきりたしなめられると思ったのに、クリストファーが口にしたのは予想外の言葉だった。

「え？」

　アンジェは驚いて小さなつぶやきをもらす。

　クリストファーは肩をすくめて言った。

「持ち方の角度なんて、どうでもいいじゃないか。君は綺麗な所作で食事をしていたんだから。あそこまでくると、ちゃんと仕事していますというアピールにしか思えない。君が思いの外何でもできるものだから、自分の教師としての立場がないと感じて、あら探しをしてでも教えたいのさ。まあ、パークス女史のように四六時中一緒にいる教師は似たり寄ったりなんだけれどね」

　クリストファーがこんな批判的なことを言うなんて。あっけにとられていると、彼は少しおどけたような笑みをアンジェに向けた。

「朝から晩まで一挙手一投足見張られた生活は、何かと気詰まりだろう。私にも経験があるから、わかるよ」

「侯爵様にもそんな経験が？」

目を丸くして訊ねるアンジェに、クリストファーは愉快そうに話す。

「あるに決まってるよ。最初から大人だったわけじゃないからね。子どものころは勉強漬けの毎日だった。私はずっとそんな生活だったから慣れているけれど、君はそうではないだろう？　だから息抜きさせてあげたかったんだ」

アンジェは目をぱちくりさせた。

「じゃあ、今日は最初からサンドラさんを連れてくるつもりはなかったんですね。昨夜のうちにそうおっしゃらなかったのは何故？」

「ピクニックに行けないとわかったパークス女史が君に意地悪をして、せっかくの楽しみを台無しにされたくなかったのさ」

悪びれずに子どもっぽいことを言うクリストファーに、アンジェは思わず噴き出してしまう。

「侯爵様って、意外と悪い方なんですね」

口元に手を当ててくすくす笑っていると、クリストファーは軽く首を傾げてアンジェの顔を覗き込んできた。

「〝お義兄様〟とは呼びにくい？」

魅惑的な笑みを浮かべるクリストファーから目を逸らし、もじもじしながらアンジェは答えた。

「ごめんなさい……その、侯爵様がわたしのお義兄様だなんて、まだ信じられなくて……」

ようやく捜し当てた義妹に「侯爵様」と他人行儀に呼ばれるのは、きっと寂しいのだろう。けれど、今までどんな貴族とも縁のない生活を送ってきたアンジェにとって、侯爵であるクリストファーをお義兄様と呼ぶのは畏れ多い。サンドラに何度注意されたって、これればかりは抵抗がある。

しゅんとしてうつむくと、クリストファーから面白がるような提案があった。

「じゃあ名前で呼ぶというのはどうだい？」

「名前、ですか？　……クリストファー様？」

「〝様〟もつけなくていいんだけれどね」

「そんなわけにはいきません！」

すかさず言うと、クリストファーは「ははは」と笑い声を立てた。

「そんなに気負わず接してくれたら嬉しいんだけれど。でも、パークス女史が怒るだろうから、しばらくの間は二人きりのときだけにしよう」

そう言ってウインクするお茶目なクリストファーに、アンジェはまたくすくす笑い出す。

「おいおい、笑いすぎじゃないかい？」

「だ、だって……」

アンジェのくすくす笑いは、湖に着くまで続いた。


「うわぁ……！」

一面に広がるきらきらとした水面を目にして、アンジェは感嘆の声を上げた。

湖面の中央で輝く光の筋。湖岸付近には生い茂る新緑が鮮明に映し出されている。晴れた空に小鳥のさえずり。絶好のピクニック日和だった。

美しい光景を目にして、日傘を差すことも忘れ立ち尽くすアンジェに、クリストファーは声をかける。

「遊歩道がある。少し歩いてみないか？」

彼に案内された先に、板でできた橋がかかっていた。その橋は湖の中から生えている草をかきわけるようにして設置されている。

「どうしてこんなところに橋が？　何のために？」

対岸に続いているわけでもなさそうだし、ボートがつながれている様子もない。

不思議に思ったアンジェが訊ねると、クリストファーは楽しげに笑って答えてくれた。

「これが遊歩道だよ。湖の上を歩けるように作られているんだ」

「それだけのためにこの橋が作られたんですか？」

立ち止まって、まじまじと橋を見つめた。

アンジェにとってものづくりとは生活必需品を作ることであって、散策のためだけにわざわざ橋が作られたというのが驚きだ。

「ここは避暑地でね。夏場に押し寄せてくる貴族たちのためにいろいろ整備されているんだ。この橋も、湖の上をそぞろ歩きたいという人々の要望に応えて作られた。夏に避暑地が賑わってくるとボートの貸し出しも始まるよ。またそのころに来て、ボートに乗ってみるかい？」

楽しそうと一瞬思ったものの、アンジェは怖々と湖を見つめた。

「この湖、深いですよね？」

「ああ、深いね。どのくらい深いか誰も知らないくらいだ」

アンジェは両腕で自身を抱き締め、ぶるっと身体を震わせた。

「やっぱりいいです。ボートから落ちたら大変ですから」

クリストファーは面白がるように言った。

「もしかして泳げない？　じゃあ今年の夏は泳ぐ練習をしようか。ここととは別の場所に浅瀬があって、そこで泳ぐことができるんだ」

手のひらを差し出されたので、アンジェはおずおずと自分の手を重ねた。

温かい大きな手のひらが、細くひんやりとした手を握る。アンジェの胸はどきんと高鳴った。

修道院から出てしばらく経ったが、アンジェは男性と過ごすことになかなか慣れない。男性といっても、話したり触れたりする機会があるのは今のところクリストファーだけだけれど。

その彼に触れられるたびにどぎまぎして、心臓がどうにかなってしまいそうになる。二人きりだからなおさらだった。

どうして義兄相手にこんなに胸ときめかせてしまうのか。——兄妹として過ごした時間がほとんどないせいかもしれない。

アンジェは今でもクリストファーが義兄だという実感を持てずにいる。自分の母が侯爵家と縁ある人ということは肖像画を見て納得したけれど、納得するのと実感するのはまったく別物だ。

今現在レディになるための教育を受けていても自分が貴族の一員であるという実感はないし、そのため侯爵であるクリストファーの義妹である自覚も芽生えないのだろう。

とはいえ、義理でも兄妹は兄妹。義妹が義兄を愛するなんて気持ち悪い。

だから、自分が感じているときめきは、恋愛とは関係ないもののはずだ。そう、男性と接することに慣れていないところに、魅力的な男性とお近付きになったから、それで緊張してしまっているだけ――そう自らに言い聞かせる。

馬車は離れたところに停められ、二台目に乗っていた従者と小間使いたち、馬車を走らせてきた御者たちは皆、馬車の周りでそれぞれ仕事をこなしている。小間使いの一人でもついてきてほしいと思ったけれど、クリストファーは全員に用事を言いつけて、アンジェだけ連れて湖のほとりへやってきた。

「ゆっくり歩こう。景色を楽しみながら、ね」

「は、はい……」

かろうじて返事はしたが、アンジェはがちがちに緊張してしまい、景色を楽しむどころではない。

ぎくしゃくするアンジェに、クリストファーが気付かないわけがなかった。

「大丈夫。橋は崩れやしないよ。万一崩れたとしても、私が守ってあげる」

甘い笑みを浮かべた彼にそんなことを言われては、よけいに緊張してしまう。

「こうして手をつないでいると、歩きづらいかな？」

そう言われたときはほっとしたくらいだった。

手を離したクリストファーは、アンジェに左肘を差し出してくる。

――服の上から触るくらいなら何とか……。

肘の内側にそっと手を添えると、クリストファーはゆっくりと歩き出す。直に触れていないおかげか、さっきよりも緊張しなくて済んだ。緊張が薄れれば心に余裕も生まれ、景色を楽しみながら会話できるようになる。

「泳ぐって、どうやってするんですか？　この恰好で入ったらドレスが水を吸って身動き取れなくなりそう」

「さすがに、この恰好のままでは泳がないよ。水泳専用の服に着替えるんだ」

「水泳専用の服？」

「女性のものは、薄い生地でできたドレスだ。ノースリーブでスカートは膝丈でね」

「そんな破廉恥《はれんち》なもの、着られません！」

「夜着ですら長袖くるぶし丈だから、破廉恥と思うのも仕方ないかもしれないね。けれど、水浴場ではみんなそういう恰好だから誰も気にしないさ」

「わたしが気になります！」

「ははは。慣れれば気にならなくなるよ」

「慣れるほど泳ぎたいとは思いません！　……あのう、泳ぎの練習って、しなくてはダメですか？」

「何か起こって水に落ちることがあるかもしれないから、泳げたほうがいい。自分が泳げるとわかっていれば、水に落ちてもパニックになりにくいからね。といっても、無理に泳ぎを教えるつもりはないよ。君が泳いでみてもいいと思えるようになったら、私に教えて」

クリストファーが、不意に顔を近付けてくる。そして妙に色っぽいまなざしでアンジェを見つめてくる。

「いいね？　私以外を誘っては駄目だよ」

アンジェはどぎまぎしながら顔を引いた。

「だ……誰も誘ったりなんかしません……。でももし泳いでもいいかなっていう気持ちになったら、まっさきにクリストファー様にお伝えします」

他にも話題が尽きず、ついつい景色そっちのけで会話に夢中になってしまう。

そんな中、ふと気付いたことがあってアンジェは訊ねてみた。

「クリストファー様も子どものころ、こうやって息抜きに連れ出してもらっていたんですか？」

「え……？」

驚くクリストファーを見て、アンジェは戸惑う。

「わたしを息抜きに連れてきてくださったのは、クリストファー様もお父様やお母様にこうやって連れ出してもらっていたからだと思ったのですが……」

何を言われているのかようやくわかったというように、クリストファーは少しぼんやりした様子で「ああ」とつぶやいた。

「私の父と母は、そういうことをする人たちではなかったな。父は忙しかったし、母は私が七つのときに亡くなっているしね」

どこか淡々とした口調に、アンジェはうっかり失念していたことに気付く。

アンジェの母が妊娠中に後妻に入ったということは、そのころにはすでにクリストファーは実母を亡くしていたということになる。それ以前も、なんという寂しい幼少時代を過ごしたのだろう。知らなかったとはいえ、無神経な質問をしてしまったと後悔する。

アンジェはクリストファーから手を離し、勢いよく頭を下げた。

「ご、ごめんなさい！」

両目を固く閉じていたけれど、クリストファーがアンジェのほうを向いたのは気配でわかった。

「どうして謝るの？」

クリストファーの優しさに、アンジェの目頭は熱くなった。顔を上げ、潤んだ目で彼を見つめる。

「だって、お父様がお忙しくて、お母様も早くに亡くなったのなら寂しかったんじゃないですか？」

　アンジェには父も母もいなかったけれど、院長先生にとても可愛がってもらったから寂しいことなんてなかった。両親がいてくれたらと思ったことは何度かあるけれど、クリストファーの両親のような人たちだったとしたら、幸せになれたかどうかわからない。

　するとクリストファーは目をしばたたかせ、考え込むように黙り込んだ。まるで何か難問でも投げかけられたかのように。

　どうしたのだろうかと心配しかけたころ、クリストファーは優しい微笑みを浮かべた。

「当時は寂しかったけれど、今は気にならないよ。君という可愛い義妹がいるからね」

　クリストファーは再びアンジェに左腕を差し出す。

　アンジェは思いきってその腕に抱きついた。彼にとって、家族はアンジェしかいないのだ。だからこそ、一見過剰に思える触れ合いをするのかもしれない。ならばアンジェが甘えることで、寂しさを埋められるのではないか。

　驚くクリストファーに、アンジェは照れ笑いを返す。クリストファーは笑みを深めると、しがみつくアンジェの手に右手を重ねて歩き出した。

　アンジェはどきどきしっぱなしで、景色を楽しむ余裕はなかった。

　長い長い遊歩道をゆっくり歩いたあと、馬車が停めてある場所へ戻った。従者や小間使いたちが、馬車の前に並んで、にこやかに出迎えてくれる。

「お帰りなさいませ。ご用意が調っております。こちらへどうぞ」

従者の案内で、アンジェたちは再び湖のほとりへ向かう。湖がよく見えるその場所には、先程までなかったテーブルと椅子が置かれていた。

「テーブルと椅子はどこから出てきたんですか!?」

驚くアンジェに、クリストファーは笑いをこらえながら説明する。

「組み立て式のテーブルと、折りたたみ式の椅子なんだ。馬車の荷台に載せてきたんだよ。たくさん歩いてお腹ペコペコだろう? さあ、席に着いて食事にしよう」

二つしかない椅子は対面ではなく、湖のほうを見られるように並べて置かれていた。その席にクリストファーとアンジェが腰をかけると、従者と小間使いがバスケットから取り出した食べ物や飲み物をテーブルの上に並べていく。こんがり焼かれた山鳥に大きなパン、チーズ、ハム、ローストビーフ、ゆで卵、いろんな種類のジャム、野菜などをすりつぶして味付けされた様々なペースト、果実水にワイン、ケーキやクッキー。テーブルの上はあっという間にいっぱいになる。

パンを切ろうとした従者に、クリストファーは声をかけた。

「ああ、あとは私がやるから下がってくれていい」

従者はパンを切り分けるためのナイフとフォークを皿に置くと、一礼して下がった。他の従者や小間使いたちも、いつの間にか姿を消している。

クリストファーがパンを薄く切っている間、アンジェは彼らのことが気になって馬車のある方角に目を向けずにはいられなかった。

「パンの上に何をのせたい？　好きな物をのせてあげるよ」

声をかけられ、はっとしてクリストファーのほうを見る。

クリストファーは苦笑した。

「何か気になることでも？」

アンジェは肩をすぼませ、遠慮がちに答えた。

「皆さんはお食事をどうなさるのかと思って……」

「〝皆さん〟？」

「小間使いさんや従者さんや、御者の皆さんです。こんなにたくさんあるんですもの。みんなで分け合えば足りるんじゃないかと思って……」

クリストファーが表情を険しくするのを見て、アンジェの言葉は次第に小さくなっていく。アンジェはしゅんとしてうつむいた。

「ごめんなさい……こんなことを言うなんて、貴族として失格ですね。サンドラさんにも言われたんです。『主人と使用人が一緒に食事をすることはありえません。二度と使用人を食事に誘うことはなさらないように』って。でも、いつもテーブルには食べきれないほどの食べ物が並ぶし、皆さんが見ている中でわたしだけが食事をするというのは、どうしても抵抗があるんです。でも、こんなこと言うべきではなかったですね……ごめんなさい」

クリストファーならわかってくれるのではと思って話したけれど、不快にさせてしまったようだ。

なかなか貴族らしくなれないアンジェを、クリストファーはどう思っただろうか。失望されたり嫌われたりしたらと思うと、身がすくむ思いがする。

身体がかちこちに強張り顔を上げられずにいると、少し間をおいて頭の上にそっと重みがかかる。

驚いてクリストファーを見ると、彼はこの上なく優しい笑みを浮かべて、アンジェの頭を二度三度と撫でた。

「確かに貴族なら、まずそういったことは考えないだろうね。だが気にすることはない。今頃彼らも、ピクニックのご馳走《ちそう》を堪能していることだろう。屋敷にいるときは、彼らは先に食事をとっている。空腹のまま給仕をさせて、よだれを垂らしそうな顔をさせるわけにはいかないからね」

アンジェは思わず口元に笑みを浮かべた。ふざけた話しぶりだったけれど、そこにクリストファーの使用人たちへの気遣いがあるような気がして、心がほっこり温かくなる。

「庶民の中で育ってきた君には、これからも貴族社会で馴染めない出来事がいくつも出てくることだろう。そんなときは、遠慮なく私に言ってくれるといい。ただし、誰かに聞かれるとよくないから、二人きりのときに、ね」

クリストファーは、茶目っ気たっぷりにウインクをする。いつもとは違う、その少年っぽい表情に、アンジェの胸はきゅんとした。

優しくて寛容で頼もしく、時におどけてみせたりもするクリストファー。彼のことを知れば知るほど好きになっていく。好きといっても、もちろん人としてだ。

——こんなに素敵な人がお義兄様だなんて、まだ信じられない……。

「さあ、私たちも食事にしよう。何をのせたい？」

「あ、な、何でも……」

クリストファーの魅力にのぼせてしまって、頭がよく回らない。

「じゃあまずは一つずつ試してみようか。そのあとで、好みのものを組み合わせてみよう」

薄く小さく切り分けられたパンに、はみ出るくらい大きく切り取られた様々な食材が盛り付けられる。アンジェはフォークに刺してそれらを口に運んだ。

「んー、どれも美味《おい》しい！」

修道院で暮らしていたときには食べられなかった高級品ばかりだ。美味しくないわけがない。どれも一口大だったけれど、種類が多すぎて一通り食べただけでお腹がいっぱいになりそうだ。

アンジェは口の中のものを呑み込むと、冗談めかして言った。

「お勉強をするだけで、あとは美味しいものを食べて、綺麗にしてもらって、こうしてピクニックにまで連れてきてもらって、幸せすぎて怖いです。こんな贅沢を続けていたら、いつか天罰が下るんじゃないかって」

クリストファーは、憐れむような目をして微笑んだ。

「これは、贅沢のうちに入らないよ。君の持っている特権はこの程度のものじゃない。私は君が生まれたときから持っていたはずのものを、もっともっと返してあげたいんだ」

アンジェは困って視線を泳がせた。

「も……もう十分よくしていただいています。これ以上なんて言われたら、わたしどうしたらいいか……」

これ以上の贅沢なんて想像もできない。

クリストファーはため息を吐いた。

「君は本当に無欲だね。私としては、君を甘やかしたくてたまらないのだけれど」

そう言う彼の口調や表情こそ甘やかに感じられて、アンジェは落ち着かない気分になる。

義兄が義妹に言う言葉にどぎまぎするなんてどうかしている。

アンジェは懸命に落ち着こうとしながら、「十分甘やかしてもらっています」と答えた。

楽しい時間は、過ぎるのがあっという間だ。

食事を終えるころには日が西に傾きかけていて、日があるうちに屋敷に帰るにはすぐに出発しなくてはならなかった。従者や小間使いたちはてきぱきと後片付けをして、さほど経たないうちに馬車は帰宅の途に就く。

帰りの馬車の中で、クリストファーはこう言った。

「昨晩もちらっと言ったけれど、私は明日から数日出かけなければならないんだ。領地でやらなければならないことがあってね。貴族令嬢として暮らし始めたばかりでまだ不安も多い中、ついていてあげられなくてすまない。国王陛下主催の舞踏会に向けてまた頑張って勉強してもらわなくてはならないが、できるかい？」

アンジェは勢い込んで答えた。

「はい、もちろんです！」

力を入れ過ぎてしまったのか。そんなアンジェにクリストファーはくすくすと笑う。

「頼もしい返事だ。社交界に出るのに申し分ないレディになったらご褒美をあげるよ。何がいいか考えておいて」

クリストファーの笑顔だけで十分にご褒美だ、とアンジェはぼうっとしながら本気でそう思ってしまった。

ピクニックの翌日、クリストファーは予定通り出発した。その日から、アンジェはより一層勉強に励んだ。クリストファーは余裕があるようなことを言ったが、元々勉強は苦ではない。いろんなことを知るのはむしろ楽しかった。

けれど、マナーを担当するサンドラの授業だけは違った。

「そうじゃありません！　何度注意したらできるようになるのですか？」

ピクニックに同行させてもらえなかったせいか、サンドラはますます厳しくなった。些細なことで注意をし、「そんなことでは侯爵に恥をかかせてしまいますよ」と嫌味を言う。自信をなくしてしまいそうになるけれど、アンジェは耐えた。立派なレディになってみせると、熱心に教えを受ける。

サンドラが教える授業は多岐にわたった。立ち居振る舞い、テーブルマナー、言葉遣いなどなど。

その中の一つが刺繍だった。修道院の収入を得るために服の刺繍などを請け負っていたので得意だ。複雑な刺繍も完璧に仕上げるアンジェに無理難題を押し付けたかったのか、サンドラはヘデン侯爵家の紋章を使用人から教わるよう指示した。鷲《わし》と蛇がモチーフの、細かい模様の入った紋章だ。

アンジェの居室で、その紋章を見せてサンドラはくどくどと説明した。

「侯爵の持ち物にはすべてこの紋章が入るのですが、他の家の者が真似できないよう、特別な手順で刺繍をします。今は使用人の仕事ですが、かつては母親や妻、姉妹の務めでした。服やハンカチなどに一針一針心を込めて刺し、外出時の安全を願ったそうです。貴女が侯爵の持ち物に刺繍をすることはないでしょうが、侯爵家の令嬢として覚えておくべきことの一つです。――何か疑問でも？」

考え事をしていたアンジェは、はっと我に返って返事をする。

「い、いえ……」

アンジェは言葉を濁してやり過ごす。

「わたくしは席を外しますが、アンジェ様、いいですか？　サボらずちゃんと覚えるのですよ」

アンジェはサボったことなどないのに、怠け者だと言わんばかりに言い含めてサンドラは退室する。

アンジェに刺繍を教えるようサンドラから言われたのは、リタという名の老齢に差し掛かった家政婦だ。サンドラが出ていって扉が閉まると、困惑を隠せない様子でアンジェに話しかけた。

「そ、それでは始めましょうか？」

「はい、よろしくお願いします」

アンジェは素直に返事をした。

リタの困惑顔は、すぐに笑顔に変わった。

「まあまあ！　覚えが早い上に大変お上手でいらっしゃいますね。お嬢様でなかったら、このお屋敷で働かないかと勧誘したいくらいです」

「わたし、お役に立てますか？」

針を動かしながら訊ねると、その手元を覗き込みながらリタは答える。

「ええ、ええ、立ちますとも。紋章の刺繍は、今はわたし一人でやっているのですが、わたしは女使用人たちを束ねなければならないので、紋章の刺繍を任せられる人を探していたんです。お嬢様は針仕事がお上手なようですし、サンドラさんが言うような不真面目な方ではなく、素直で熱心でいらっしゃいますから、紋章の刺繍だけでなく、旦那様のシャツを縫うのもお任せしてみたいですね」

リタは冗談のつもりで話したのだろうけど、アンジェはその話に飛びついた。

「是非やらせてください！」

顔を上げてお願いすると、リタは仰天して仰《の》け反った。

「とんでもありません！　お嬢様を働かせようとしたと知られたら、わたしが旦那様に叱られてしまいます！　戯《たわむ》れを申し上げてすみませんでした。どうか今のことはお忘れに」

リタは焦って、なかったことにしてほしいと頼み込んできたが、アンジェは引き下がらなかった。

「リタさんに迷惑がかからないよう侯爵様に上手く話をしますから、やらせてほしいんです」

働かないことに罪悪感を募らせていたアンジェにとって、願ってもない仕事だった。これであれば室内でできるから誰にも見られずに働ける。

〝お嬢様〟のたっての願いをはねつけることもできず悩みに悩んだリタは、アンジェにある提案をした。

第三章

アンジェが勉強と刺繍に励んでいるころ、故郷の町イオレンで薬局を営んでいたネルソンが、牢の中で悪態をついていた。

「ちくしょう、なんでわしが牢にぶちこまれなきゃならないんだ？」

ちょっと嘘をついただけだ。その嘘が功を奏し、首尾よく小娘からブローチを巻き上げた。これまでにも、何度か同じ方法で成功してきたから簡単だった。

自警団の男がネルソンの嘘に乗らなかったとしても、「わしを盗人扱いするなら、薬を売ってやらないぞ」と言えば引き下がるとわかっていたからだ。ろくに医療の整ってないこの町で薬を手に入れられないとなると、まさに死活問題。実際盗んだという証拠もないのだから、ネルソンと事を荒立てるのを嫌って無罪放免となる。

だから、今回も上手くいったと思ったのだ。

小娘の持ってきたブローチにはめ込まれていた宝石は偽物かもしれないが、そこそこの値がつくだろうと考えていた。夕方には新街道沿いの大きな町に行って、ブローチを金に換えてギャンブルにつぎ込むつもりだった。

ところが出かける準備をしていたそのときに、ヘデン侯爵の使いと名乗る男たちが小娘を庇おうとしたじじいを連れて押し入ってきた。

奴らは自分を押さえつけると、上着の内ポケットにしまってあったブローチを見つけ出した。

――あっ！　そのブローチです！　そのブローチがお嬢様の……！

お嬢様ってのは誰だ？　ブローチを持ってきたあの小娘か？

逃れる手立ても講じられないまま、男たちに連行されて町外れの牢に放り込まれた。

それ以来、自警団の手によって食事は運ばれてくるものの、何故自分が牢に入れられることになったのかも、いつ出してもらえるかもわからないいままだ。

おかげで、考える時間も思い出す時間も嫌というほどあった。

確かじじいは、あの小娘のことを最初は「お嬢さん」と呼んでいた。それが何故、ヘデン侯爵の使いとやらの前では「お嬢様」と呼び方を変えたのか。

そもそも、あの小娘はいったい何者なのか。身寄りがなく、仕方なく修道院で育てられた孤児と思っていたが、孤児は孤児でもかなりの重要人物だったらしい。ヘデン侯爵の使いが出てくるほどだ。侯爵の知り合いか、下手をすれば血縁者かもしれない。

だが、それにしたって牢にぶちこまれるのは納得いかなかった。こちとら、小娘の正体を知らなかったのだ。それに何の罪があるというのか。

動機を問われたら「修道院育ちのみすぼらしい娘が高価なブローチを持っているわけがない。だから盗みを働いたとしか思えなかった。ブローチは盗品として届け出るところだった」と訴え、小娘の正体を明かされたときには大袈裟に驚き、「知らなかったこととはいえ申し訳ありません」としおらしく謝れば解放してもらえるかもしれない。

しかし、自分の処遇を決める権限を持つ相手が現れないのでは、訴えたところで意味はない。

数え間違いをしていなければ、今日の夕方でちょうど二十六日になる。今は昼下がり、夕方まであともう少しだ。どうしてこんなに長く拘留されなければならないのか、さっぱりわからない。

じめじめした寒い牢で過ごすのも、そろそろ限界だった。今日こそ何らかの進展を得たいと願っていたそのとき、いつもの早く用を済ませて帰りたいと言わんばかりのせかせかしたものとは違う足音が聞こえた。カツーン、カツーンとゆっくりした足取りで階段を下り、こちらへ近付いてくる。

ようやく来た。自分をここへ閉じ込めた者が。

そう確信したネルソンは、相手の機嫌を損ねないよう下手《したて》に出た。

「どなたですか!?　助けてください！　理由もわからないまま牢に入れられたんです！　わしは盗品を届け出ようとしていたところだったんです！　盗みを働いたのはわしではありません！」

近付いてくる相手からは反応がない。それを不気味に思ったが、ネルソンは訴え続けるしかなかった。

焦れったいほどゆっくりとした足音は近くにまで迫り、やがて牢の正面にその姿を現す。見るからに上流階級の男だった。背が高くてスマートで、いかにも上等な衣服を身に着けている。恐ろしいほど美しい顔立ちをしたその男の金髪は、薄暗がりの牢屋の中でも輝いて見えた。こんなにも上等な男は、この町どころか新街道沿いの大きな町にもいやしない。明らかに支配者階級であるこの男の正体に心当たりはある。だが早合点は禁物だ。

男はネルソンと向き合うと、おもむろに話しかけてきた。

「我が義妹も、おまえと同じように牢の中から訴えてきた。もっとも、おまえと違って、義妹は自分ではなく世話になった修道院長を助けてほしいと訴えていたがな」

「義、妹……？　あなた様は一体……？」

何かとんでもないことが起こっていると感じつつ、ネルソンはびくびくしながら訊ねる。

長身の男は顎を上げてネルソンを見下し冷笑を浮かべた。

必死に記憶を探っている間に、目の前の男がその答えをくれる。

「私は王よりヘデン侯爵位を賜っている者だ。おまえが泥棒呼ばわりした娘は、臨月間近に行方知れずとなった義理の母が産んだ子だ。あのブローチは、義母が大事にしていたもの。義妹が受け継いでいてもおかしくはない。それなのに、よくも義妹を泥棒扱いしてくれたな」

冷酷そうな笑みを浮かべながらも、ヘデン侯爵と名乗った男の怒りは本物だった。切れ長の目から発せられる憎悪に、ネルソンは肝が冷える思いがする。

「し——知らなかったんです！　あの修道院育ちの小娘——いや、娘さんが、侯爵様の義妹御《いもうとご》だったなんて！　修道院で育つしかなかった娘さんが、あんな高価なブローチを持っていると考えるほうがおかしいでしょう？　ですから——」

「黙れ。目撃した者の証言がある。おまえは、義妹がおまえのものを盗もうとしたと言い張ったそうじゃないか。よくもそんな嘘がつけたものだな。——余罪を調べたらたっぷりと出てきた。義妹のように、薬の代金代わりに持ち込んだ品を巻き上げられた者も何人か名乗りを上げげた。それに、薬にとんでもない値段を付けて売っているそうだな。恐喝とぼったくり。先程おまえは牢に入れられた理由がわからないとわめいていたが、これで投獄された理由を理解できたか？」

ぐうの音も出ないとはこのことだ。ことごとく論破され、罪を免れる方法が思い付かない。

　が、必死に考えているうちにふと気付いた。

　侯爵が何故あの小娘が自分の義妹と気付いたのか。容姿から判明したのだとしたら、もっと前に見つかっていてもおかしくはない。あの娘は隠されていたわけではないし、それほど大事な義妹となれば草の根を分けてでも捜しただろうから。

　ブローチが決め手になったのだとしても腑に落ちない。ブローチは高価な品ではあるが、これといった特徴はないものだ。じじいから話に聞いたところで、侯爵の義妹と特定できる代物ではない。なのに侯爵の使いたちはブローチを見ないうちに自分を取り押さえ、じじいの証言のみでブローチを取り上げた。

　思えばあのときのじじいにも、小娘の正体を知った驚きはみじんも感じられなかった。つまり、じじいは前から小娘の正体を知っていたことになる。とすると、侯爵の使いがその日のうちに現れた理由も説明がつく。じじいは奴らとすぐ連絡が取れる手段を持っていたのだ。

　そのことから導き出されるのは――。

　ネルソンはにやりといやらしい笑みを浮かべ、上目遣いに侯爵を見た。

「侯爵様、あなたこの町の修道院に義妹御がいらっしゃるのを知っててずっと知らぬふりしてましたね？　どんな事情がおありか知りませんが、そのことを吹聴されたら困るんじゃありませんか？」

冷酷そうな表情のままわずかに眉を上げた侯爵を見て、ネルソンはほくそ笑む。どうやら弱点を突けたようだ。したり顔でしゃべり続ける。

「裁きの場に引っ張り出されたら、わしもつるっと口を滑らせるかもしれませんなぁ」

こう言われては、侯爵もネルソンを無罪放免にするしかないだろう。もしかしたら今後も秘密を守り続けるために、ちょくちょく財布のひもを緩めてくれるかもしれない。

ネルソンには〝品行方正で有名な侯爵が、そうそう大それたことを考えるわけがない〟という思い込みがあった。だから侯爵が酷薄な笑みを浮かべても、不思議に思った程度でへらりと笑い返した。ところが、侯爵は言う。

「牢に入れられながら脅迫してくるとは、ずいぶんと強気だな」

にたりと嗤った侯爵に不気味なものを感じ、ネルソンは身の危険を感じた。先程までの冷笑とは全く違う。

そして気付いた。

侯爵ほどの権力があれば、小さな町の薬師の命など片手でひねりつぶせると。

額から脂汗が流れる。

「たっ、たかだか恐喝とぼったくりだけで、処刑するなんて言いませんよね？　そんな横暴をしたら、領民は何と思うか……」

「処刑？　そんなことはしないさ」

その返答を聞いてネルソンはひとまず安堵したが、それが間違いであったことをすぐに思い知ることとなる。

侯爵は顎を上げ、ネルソンを見下ろしながら告げた。

「おまえに与える処罰は、薬局の免状取り消しとこの町からの追放だ。罪の度合いからしてそれが妥当だ。おまえはこの町の鼻つまみ者のようだから、追放されたおまえがどこに行くかなど誰も気にしないだろう。ああそうだ、おまえにそそのかされて義妹を牢に入れた男は、職権濫用の懲罰として賦役《ふえき》に駆り出した。その道中不幸な事故に遭い、死亡したそうだが」

品行方正なんてとんだ間違いだ。この侯爵は悪魔だ。脅す前から、ネルソンを殺すつもりだったに違いない。ただ、義妹を泥棒扱いしたというだけで。

侯爵がぱちんと指を鳴らすと、入り口のほうからばたばたと複数の足音が近付いてくる。

ネルソンは怯え、牢の奥の壁まで下がった。

「ひ……！　待ってください！　誰にも、誰にも言いません！　だから命だけは……！」

侯爵と入れ違いに、複数の男たちが目の前に現れる。

ガチャン、と鍵が開く音が響く。

牢の鍵が開くのを心待ちにしていたはずが、今のネルソンには地獄の門が開く音のように聞こえた。

あちこちから伸びてきた手に、ネルソンは拘束される。

「ひぃぃぃぃぃ――」

思わず上げた悲鳴は、男たちの合間に消えた。

その後、ネルソンの姿を見た者はいない。

＊＊＊

ネルソンの始末を己の手の者に任せたクリストファーは、町長から歓待を申し出られるも断って、到着したその日に町を発った。

王都の屋敷まで急いでも数日かかる道のり。アンジェと暮らせるようになった今、本当は一日だって離れたくはなかった。だが、ネルソンの一件はアンジェが関わっているため、すべてを他人任せにすることはできなかった。

半月ぶりに王都の屋敷へ帰ったクリストファーは、正面玄関前でアンジェに出迎えられた。

「おかえりなさい！」

馬車から下りるとすぐ駆け寄ってきたアンジェに、クリストファーの頬は緩んでくる。が、そこに水を差す家庭教師の冷ややかな声が聞こえてきた。

「アンジェ様、レディがそのように走るものではありません」

忌々しく思ったが、この家庭教師を雇ったのも計画のうちだ。いたずらして叱られた子どものように笑いかけると、アンジェも同じように笑い返してくれる。

共通の『敵』がいると、仲間意識が強くなる。その目論見《もくろみ》は大成功だった。アンジェはパークスに苦手意識を持つ一方で、クリストファーにはかつて同じ窮屈さを経験した仲間という親近感を抱いてくれている。そのおかげか、クリストファーに対するアンジェの緊張はだいぶ薄れていた。

「アンジェ様、聞いているのですか!?」

ヒステリックな声が聞こえてきてうんざりする。ここまで我の強い人間だと見抜けなかったのは失敗だった。家庭教師としての役目をちゃんと務めているとアピールしたいのだろう。

アンジェとの再会を邪魔されて今すぐにでも解雇を言い渡したくなったが、すんでのところで我慢した。パークスにはアンジェの付き添いも務めさせることになっているが、それもわずかな期間だけのこと。これから新しい家庭教師兼付き添いを雇い直すにしても、パークス以上の適任者が見つかるとは思えなかった。

アンジェは肩をすぼめると、クリストファーの袖を引っ張って身体を傾けさせ、耳元にささやいてきた。

――お時間のあるときでいいので、二人きりでお会いしたいです。

これが言いたくて、駆け寄ってきたらしい。何とも可愛らしいことをするものだ。愛らしいアンジェを見るたびに、クリストファーが今すぐに襲いかかりたい欲望に耐えていることも知らずに。

再会してほどなく、アンジェはひとの機微に敏《さと》い子だということに気付いた。アンジェは様々な人間に好意的に接するが、そのたびにクリストファーは嫉妬に身を焦がす。すると彼女は戸惑い、怯え、びくびくしながらクリストファーの機嫌をうかがう。これでは彼女との距離を縮められない。

そこで、クリストファーは嫉妬心を注意深く隠すことにした。アンジェを怖がらせないよう、人畜無害で優しい男を演じる。ただし、男として意識してもらいたいので、警戒させない程度に誘惑することも怠らないが。

内緒話を終えると、アンジェはすぐに離れていこうとした。クリストファーはアンジェの肩に手を置いてそれを止める。

「アンジェ、ちょっと待って」

え？　という顔をして見上げたアンジェの、額にかかる髪をかき上げ、白くて美味しそうな額に少し強めに唇を押し当てる。

すぐに離しアンジェの顔を覗き込むと、頬を染めて口をぱくぱくさせていた。驚いてはいるようだが、嫌がっている様子はない。そのことに愉悦を覚えながらクリストファーは微笑む。

「私からの挨拶がまだだったよ。――ただいま、アンジェ」

「お、おかえりなさい……」

アンジェは額を押さえて、しどろもどろに返事をする。そこにまた、無粋な声が割って入った。

「アンジェ様！」

「はーい！　サンドラさん、ごめんなさい！」

もう一度振り返ってそう叫ぶと、アンジェは家庭教師のところへ駆け戻っていく。

「間延びした返事はよろしくありません！　走ってはいけないと何度言ったらわかるのですか？」

「はい、ごめんなさい」

元気にはきはき返事をする。

半月前は威圧的な家庭教師に萎縮してうつむいてばかりいたのに、ずいぶん逞しくなったものだ。これなら無事に社交界の荒波を乗り切ることができるかもしれない。

そう思いながら、クリストファーは不敵な笑みを浮かべた。

アンジェがたった一言をわざわざ言いに来た理由は、すぐに察せられた。

私室に入って旅の汚れを落としている最中も、家令からの報告は止まらない。クリストファーは領地や王都別宅の管理者たちに多くの権限を与えて対処を任せているが、彼らが勝手な行動に走らないよう報告を義務付けているし、与えた権限では対処しきれない問題も日々発生する。

アンジェが初めて王都に到着した日からクリストファーが留守にするまでの間も、屋敷にいれば報告や指示を請う声が追いかけてきていた。アンジェはそのことを覚えていて、約束を取り付けなければ会えないと思ったのだろう。

帰宅したその日は、クリストファーが自ら解決に乗り出さなければならないような案件はなく、どれも指示を与えるだけで事足りた。とはいえ、膨大な数の案件一つひとつに指示を与えるのは、それなりに時間がかかる。

屋敷に帰ったのは午前中だったのに、アンジェと二人きりの時間をつくれたのは夕食の後だった。

私室にいったん戻ってからクリストファーの書斎にやってきたアンジェは、手に布の包みを持っていた。

「何だい？　それは」

期待を抑え込み、素知らぬふりで訊ねてみる。するとアンジェが包みをクリストファーに差し出してきた。

「プレゼントです。気に入っていただけたらいいのですけど……」

はにかみの中に、期待と不安が見え隠れする。いったいどんなプレゼントなのか。軽くてくにゃくにゃなその包みを受け取り、リボンをほどいて包んでいる布を開く。

「これは……どうしたんだい？」

驚きを極力抑えながら訊ねると、アンジェは言い訳でもするように急いで説明をした。

「サンドラさんに言われて、紋章の刺繍を家政婦のリタから教わったんですけれど、すぐにできるようになったので他のお裁縫も習っているんです。それはその……リタに勧められて練習のときに作ったものなんですが、お気に召されたら使っていただけないかなと思いまして……」

「何故パークス女史は、紋章の刺繍を覚えろと君に？」

「昔は女性の家族が男性の持ち物に紋章の刺繍を入れていたそうですね。ですから、わたしにも覚えるようにと」

おおかた、アンジェの刺繍の腕が自分よりもよすぎたため、家庭教師としての面目を保とうと家政婦に押し付けたのだろう。

それにしても、これは思わぬ収穫だった。家政婦にもあの嫌味な家庭教師にも、拍手喝采を送りたい気分になる。

クリストファーは、プレゼントを両手に持って広げてみた。真っ白で染み一つないシャツ。縫い目の整った、美しい仕上がりだ。クリストファーのために、アンジェが作ってくれた初めてのプレゼント。思わぬ贈り物に胸がいっぱいになる。

「あ、紋章は下のほう、左側の前身頃と後ろ身頃の境目近くに入れました」

シャツを机の上に広げて言われた場所を確かめると、小さくて細かい紋章の刺繍が目に入った。

「ああ……とても綺麗に仕上がっているね。刺繍もシャツも完璧だよ」

感嘆のため息をついてそのように言えば、アンジェは両手を口元で重ね合わせて喜んだ。

「本当ですか？　よかった！」

「こういう贈り物は初めてだ。真心がこもっていていいね……ありがとう。一生大事にするよ」

それは本心から出た言葉だった。

今まで贈り物をもらったことがないわけではない。真心とやらがこもったものもあったような気がする。

ただクリストファーにとってはどうでもいいものだったというだけで。

——一生大事にするよ。

甘い笑顔でそんなことまで言われ、これからも作らせてもらっていいか訊ねるのを忘れてしまった。

一生だなんて大袈裟な。でも、アンジェは嬉しくてたまらなかった。ふわふわと地に足がつかない心持ちで、私室に戻る。

＊　＊　＊

私室では、いつも以上に表情の硬いサンドラが待っていた。

こんな幸せな気分のときに、彼女に会いたくはなかった。アンジェが何の用か訊ねる間もなく、サンドラは厳しい口調で言う。

「お義兄様のところとはいえ、夜遅くに男性の部屋を訪れるのはよろしくありません」

夕食のあと、食事室を出たところでクリストファーからこっそり書斎に来るように言われたのだが、サンドラはそれを盗み聞きしていたのだろう。いつだったか、盗み聞きはレディのすることではないと教えたのはサンドラだったはずだ。

猛烈な反発心が湧き上がってきて、アンジェはつい口答えをしてしまう。

「私室ではありません。書斎のほうへ伺ったんです」

「どちらでも同じです。二人きりになるということが問題なのです」

ぴしゃりと言い返され、ますます反抗的な気分になった。

「家族と二人きりになることが、どうしていけないんですか？」

「侯爵はお許しになっていますが、きょうだいでも年頃になれば二人きりで会うのを避けるのが貴族の常識です。二人きりで会っていることが知られたら、あらぬ噂を流されて身の破滅を招くことになるからです」

「あらぬ噂って何ですか？」

サンドラはまた細かいことをくどくど言いたいだけだ。そう思っていたアンジェは、次の言葉に頭をがつんと殴られた気がした。

「きょうだいでありながら、男女の情を交わしているという噂です」

男女の情を交わす――サンドラは明言を避けたけれど、それは肉体関係を持つということに他ならない。

確かに、昔のアンジェならきょうだいに恋情をいだくことさえおぞましく思っていたけれど、今は違う。

わたしは、お義兄様に恋をしている。

唐突にそのことに気が付き、アンジェは足元が崩れ落ちる思いがした。

何とか足を踏ん張って表面上は平静を装ったけれど、サンドラの続く話が、刃《やいば》のようにアンジェに次々突き刺さる。

「貴族社会というものは、華やかさの裏に醜い一面も持っています。権力や地位を求めてのし上がろうとする競争は熾烈《しれつ》で、隙を見せればあっという間に引きずり下ろされます。──ヘデン侯爵は若くして今の地位に就き、王太子殿下の覚えもめでたい有能な方です。その地位、才能を妬む貴族も多いはず。そんな中であなたとの噂が立ってごらんなさい。それをあげつらって、王宮に出入りするのに相応《ふさわ》しくない人物だと決めつけられかねません。王宮に出入りできなくなれば、王太子殿下の片腕という今の地位も失い、国の要職に就くことも望めず、貴族として零落していく一方です。他人を引きずり下ろすのに、噂が嘘か本当かなど関係ありません。まことしやかにささやき、それを人々が信じたら成功なのです」

サンドラはこれ見よがしなため息をついて頭を左右に振った。

「前々から感じていたのですが、侯爵とあなたは義兄妹にしては親密すぎます。社交界でも同じ調子でいれば、侯爵を蹴落としたい貴族だけでなく、親しい方でも邪推したくなります。侯爵は長年捜し続けてきたあなたが見つかって、言い方が悪いですがいささか浮かれておいでですので、あなたから距離を置いて差し上げなさい。──血のつながりがないのだから、お母上が失踪なさった時点で捨て置いてもおかしくありませんでした。なのに侯爵はお父上の後を引き継いであなたを捜し続け、見つかった今も、あなたのためにできる限りのことをなさっておいでです。侯爵のご恩に感謝する気持ちが少しでもあるのならば、侯爵の足を引っ張るような真似はなさらないでください」

居室からサンドラが出ていったあとも、アンジェはその場に立ち尽くしていた。サンドラに言われて席を外していた小間使いが戻ってきてようやく、ぎこちない笑みを浮かべて動き出す。

小間使いと言葉を交わしながら寝支度をしている最中も、サンドラの言葉が頭の中で渦巻いていた。

——侯爵のご恩に感謝する気持ちが少しでもあるのならば——あるに決まっている。少しなんてものじゃない。自分にできることがあれば何でもしたいくらい、感謝の気持ちでいっぱいだ。

だからこそ、クリストファーの言いつけ通りに社交界に出るための勉強を頑張ったし、クリストファーのために何かしたくてシャツも縫った。——自分は義妹なのだと言い聞かせて。

けれど、気付いてしまった。クリストファーへの恋心に。

クリストファーに迷惑をかけないためにも、この恋は諦めなければならない。
そもそも、彼に恋をしたのが間違っていたのだ。
血がつながっていないとはいえ、二人は兄妹。最初から許されざる恋だったのだから。

第四章

「急に私のことを『お義兄様』と呼ぶようになったね。何の心変わり？」

夕食の席で何気ない会話の合間に訊ねられ、アンジェは思わずぎくっと身体を強張らせた。それをごまかすように笑みを浮かべ、用意しておいた答えを口にする。

「慣れないからといって、いつまでも他人行儀でいては申し訳ないと思ったんです。それに、あと数日で社交界に出なくてはならないでしょう？　そのときに呼び方を間違えてしまったら、お義兄様に恥をかかせてしまうわ」

「──私の恥になるとか、そういったことは気にしなくていいんだけれどね」

苦笑するクリストファーに、アンジェは気取った微笑みを返す。

今のアンジェは、笑顔一つにも細心の注意を払わなければならなかった。

恋を諦められないでいる間にしなくてはならないこと。それは恋心を隠すことだった。

誰にも知られてはいけないということもあるけれど、誰よりもクリストファーに知られたくなかった。

義妹に恋されていると知ったら、クリストファーはどう思うだろう？　汚《けが》らわしいと思って、アンジェのことを嫌うに違いない。想いを返してほしいなんて決して思わないけれど、嫌われることには耐えられそうになかった。

作り笑いをするのは、恋心を隠すためだ。他にも、今まで以上に勉強に熱心に取り組んだり、クリストファーのシャツを縫うのをやめたりした。想いを込めて一針ずつ縫っていけば、恋心は募るばかりだからだ。作り方を教えてくれたリタからは残念がられたけれど、謝ることしかできなかった。

その代わり、刺繍の入ったポーチやバッグを縫っている。貴族の女性はそうしたものを作って修道院や孤児院などに寄付するのだそうだ。そういったところでは、寄付されたものを売ることで運営費の足しにしているという。アンジェの育った修道院には寄付などなかったけれど、アンジェや院長先生が作って売っていた。

空き時間には何をしているかと訊かれ、アンジェは寄付品を作っている話をした。

「時間に余裕ができたら、院長先生のところへ持っていきたいです。少しでも運営費の足しになったらいいと思って」

そう話した瞬間、クリストファーの動きが止まった。

「また院長先生……？」

その声が何かをこらえているように思えて、アンジェはハッとする。

しかし、彼はすぐに困ったように表情を曇らせて言った。

「休憩時間まで頑張らなくていいんだよ。修道院には資金を投じて傷《いた》んだ建物の修繕を行っているし、修道女になりたいという女性も集まってきていて、見習いとして奉仕活動を始めている。寄付は継続するから、君は何も心配することはないんだ」

心配してくれている——そう彼の心境を理解したアンジェは、口元だけに笑みを浮かべた。

「ありがとうございます。修道院へのお力添え、とても嬉しいです。ただ、わたしはわたしなりに修道院の、院長先生のお役に立ちたいんです。それに、わたしは裁縫が好きで、一心に針を動かしていると時が経つのも忘れてしまいます」

それを聞いたクリストファーは、眉間に皺を寄せた。

「社交シーズンになると休む暇もないくらい忙しくなる。今のうちにちゃんと休んでおくんだよ」

「はい」

そう思いつつ、アンジェは素直に返事をした。

夕食を終え私室に戻るとすぐ、家政婦のリタが呼びに来た。

「旦那様が書斎でお待ちです」

シャツをプレゼントして以来、二度目の呼び出し。嬉しい反面、頭のどこかで行ってはならないという警鐘が鳴っていた。けれど、サンドラ抜きでクリストファーに会える喜びは、それを無視するには十分すぎるものだった。

この程度のことでさらなる深みにはまってしまうことはないだろう。嬉しくて足取りが弾んでしまいそうになるのを我慢しながら、小間使いの案内で書斎のある棟へとやってくる。もう三度目だから場所はわかっているけれど、小間使いの役割は案内だけでなく付き添いでもあるのだろう。この屋敷で暮らし始めてもうすぐ二ヶ月、アンジェもようやく貴族社会のしきたりに馴染みつつあった。

小間使いが扉をノックして来訪を告げると、アンジェに入るよう促す。小間使いはアンジェを中に通すと、外に出て扉を閉めた。

恋心に気付いてから初めての二人きり。緊張で身体が強張り、心臓がばくばくいって声の一つも発せられない。

これまでもクリストファーと二人きりになると、今ほどではないけれど緊張し、胸の鼓動も速くなった。それは男性に慣れていないせいではなく、好きな人と一緒にいたからなのだと今ならわかる。

　入り口のところで動けなくなっているアンジェを見て何を思ったのか、クリストファーは席を立って近付いてきた。

「君の様子がおかしくなったのは、パークス女史が何か余計なことを言ったからかと思ってね。パークス女史に内緒で君を呼び出してくれるよう、リタに頼んだんだ」

　アンジェは慌てて否定した。

「そんな、余計なことなんて言われていません！　サンドラさんはその……思っていたより親身になってくださって、正しいことを教えてくださって、その、よくしてもらっています。ですからその、わたしの様子がおかしくなったというのは、サンドラさんに教えていただいたことがまだしっかり身についていなくて、おかしく見えるだけなんだと思います」

　サンドラは細かすぎるところまで注意してくるけれど、間違ったことは決して言わないということがだんだんわかってきた。

　そう思ったきっかけは、あの話だ。

　――兄妹仲を邪推されないように距離を置きなさい。

　あの注意には助けられた。そのお陰で恋心を自覚し、こうして抑えることができたのだから。

サンドラは、もしかするとずっと前からアンジェの無自覚な恋心に気付いていたのかもしれない。それを吹聴して回るような人でなくて、本当によかった。

アンジェの恋心が知られてしまうことは、誰のためにもならない。他の誰かに気付かれてしまわないうちに、クリストファーへの想いは忘れなければ。

「そう？　ならいいけれど……」

クリストファーは納得し切れていないみたいだったが、この話は終わらせてくれるようだ。

ほっとしたのも束の間、クリストファーに肩を抱かれ、アンジェはどきっとして身体を強張らせた。

今まで何度も肩を抱かれてきたのに、未だに慣れることがない。それどころか、恋心に気付いてしまったせいか、心臓がうるさいくらいに高鳴る。

やっぱり二人きりになるべきではなかった。抑え込んでいたはずの恋心があふれそうになる。気付かれないうちに離れなければと思うけれど、下手なことをすれば気持ちを悟られてしまうような気がして、彼の腕から逃れることもできない。

クリストファーはアンジェの葛藤に気付かず、機嫌よさげに本題に入った。

「それはそうと、書斎に来てもらったのは他でもない、勉強の成果を見せてもらおうと思ってね」

「べ、勉強の成果、ですか？」

どぎまぎしながらも、どうやって見せればいいのかと戸惑う。

クリストファーは部屋の隅の比較的広く空《あ》いた場所へとアンジェを誘った。

「君がレディとしてほぼ完璧だということは、普段の君を見たり報告を受けたりして確認済みだけれど、一つだけ確認できていないことがあるんだ」

そう言いながら、クリストファーはアンジェと向かい合い、ホールドの姿勢を取る。右手を取られ、左脇の下から背中へ手を回されると、アンジェは自然と彼の肩に左手を添える形になる。そこまでくれば、クリストファーの言わんとしていることは明らかだ。

アンジェは胸が高鳴っていたのを忘れ、顔をひきつらせた。

「あ、あの……わたし、ダンスだけはどうしても苦手で……」

「パークス女史としか踊ったことがないんだろう？　男性を相手に踊ると、また違うよ。ほら、ワンツースリー、ワンツースリー、……」

ホールドしたままクリストファーが踊り出すので、アンジェはそれについていくしかない。ところが次の瞬間、いつもと違うことに気付いて驚いた。

苦手なサンドラと踊るときは、いつ叱られるかとびくびくしていたせいか腰が引けてしまい、ろくにステップも踏めなかった。でもクリストファーにリードされると、自然に足がステップを踏み出す。

「え？　ええええ!?」

「ちゃんとステップが踏めているじゃないか」

「ど、どうして？」

「男性は、女性を上手くリードできてこそ一人前と言えるのさ。でも、君が今上手く踊れているのは、君が努力して完璧にステップを覚えていたからだよ」

クリストファーの言う通りかもしれない。アンジェはステップさえ覚えれば上手く踊れると思って、必死にステップの練習をした。その成果が、クリストファーのリードで花開いたのだ。

「ありがとうございます。ダンスって正直キライでしたけれど、おかげで好きになれそうです」

初めてちゃんと踊れた感激を、アンジェは笑顔で伝える。すると、クリストファーはにんまりと笑った。

「それはよかった。じゃあこんなのはどうかな？」

クリストファーはホールドを高くして、アンジェを左から右へと移動させる。するとアンジェの身体はふわりと浮いた。

「きゃあ！」

思わず悲鳴を上げたものの、足はつま先立ちでもちゃんとステップを踏める。

　クリストファーは、間を置かずもう一度同じことをした。そのときには、アンジェはもう悲鳴を上げなかった。

「素敵！　まるで空を飛んでいるみたい」

「君なら本当に空を飛べるかもしれないね。軽くて、まるで羽のようだよ」

「もう一度お願いしていいですか？」

「もちろんいいよ。私のお姫様」

　アンジェはどきんとしたけれど、すぐさま浮遊感がやってきてお姫様と呼ばれたことを忘れてしまう。

　息が切れてきたころ、クリストファーは「おっ、と」と言って唐突にダンスをやめた。どうしたのだろうと思って彼の視線をたどってみると、すぐ側にソファがあって、あと一歩踏み出していたらぶつかっていたところだった。

「今日はこの辺でおしまいにしようか。――ダンスも合格だ。今や君は、社交界に出るのに申し分ないレディだよ」

「ありがとうございます！」

　褒められたのが嬉しくて、アンジェの声は弾む。

　クリストファーは、アンジェを微笑ましそうに見つめて言った。

「約束だ。ご褒美は何がいい？」

「――」

アンジェは笑みを消して押し黙った。そんな彼女の顔を、クリストファーは心配そうな表情をして覗き込む。

「どうかした？」

「――あの、そのご褒美って何でもいいですか？」

「もちろん。私にできることなら何だっていいよ」

そう言ってもらえてありがたいけれど、アンジェはまだ迷っていた。さらなる深みにはまってしまうかもしれない。けれどチャンスは今しかない。

「アンジェ？」

なかなか切り出さないアンジェに、クリストファーは怪訝そうに呼びかける。

迷っている時間はもうない。アンジェは覚悟を決め、おずおずと切り出した。

「それじゃあお言葉に甘えて……あの、物とはちょっと違うんですが……」

数日後、アンジェは修道院で着ていた服を着て、王都の下町の、比較的治安のよい商店街にいた。近辺の女性も似たような服を着ているので、アンジェはすっかり町中に溶け込んでいる。

その隣にはクリストファーがいた。彼も使用人から下町の男性が着るような服を借りて着ているが、妙に目立ってしまっている。

背が飛び抜けて高く、姿勢や所作が洗練されていて、どこをどう見ても下町の人間に見えない。それだけでなく、アンジェも見惚れた美しい容姿が、下町の女の子たちをも惹き付けていた。

「これが君のしたかったことかい？」

「え、ええ……」

不思議そうなクリストファーの声に、アンジェは気もそぞろに返事をした。

商店街近くのひと気の少ない路地で馬車を降り、商店街に入ってすぐ、クリストファーは注目を集めた。女の子たちが騒ぎを聞きつけ、あるいは誰かに連れてこられて集まってくる。彼女たちがきゃあきゃあと騒ぐ声で、辺りは騒々しいほどだった。

このご褒美は失敗だったかもしれない。これ以上騒ぎにならないうちに帰りましょう、と提案しようとしたそのとき、クリストファーがアンジェの右手を摑み、彼の左肘の内側にかけさせる。

「人が多くなってきた。はぐれないように、ね」

いたずらっぽくささやきながら、クリストファーは甘い笑みを浮かべる。アンジェがぼうっとなると同時に、「きゃあ」という黄色い叫び声と落胆のため息が周辺に広がる。

自分の言動が周囲の女の子たちを一喜一憂させていることに、クリストファーは気付いているのだろうか。

――気付いて気付かないふりをしているに決まっているわよね。

その上で、アンジェを特別扱いし、自分は売約済みだという印象を周囲に与えたのだ。

その効果はあった。ため息をついた女の子たちだろう、この場から半数くらいが去っていく。それでもまだまだ集まる女の子たちは多く、行きたい方向にも人だかりができている。

アンジェは決心して、クリストファーの左腕に右腕をからめてぎゅっとしがみついた。

驚くクリストファーに、アンジェは照れ笑いを返す。すると彼の顔に極上の笑みが広がった。

「何を買いたいんだい？　何でも買ってあげるよ」

「特に買いたいものがあるわけじゃないんです。並んでいる店をちょっとずつ覗いていきたいなぁって」

「そんなことでいいのかい？　変わったご褒美だね」

ゆっくり歩き出したクリストファーに合わせて、アンジェも歩く。すると、進行方向にあった人だかりは、さあっと引いていった。この場に残っている女の子たちは、クリストファーを遠目に眺めたいだけで、邪魔をするつもりはないらしい。

それがわかってようやく、アンジェはご褒美の目的を果たせそうだと、内心胸を撫で下ろした。

クリストファーと町中《まちなか》で恋人同士のようにそぞろ歩く。それがアンジェの望みだった。

修道院で育ったけれど、アンジェは修道女を目指していたわけではない。叶うならば、恋をして結婚し、家族をつくりたいと思っていた。その願いの中のささやかな夢の一つが、恋人と町中をデートすることだった。

アンジェが初めて恋した人とは、結婚どころか恋人同士になることも決して叶わない。だからそのまねごとだけでもしてみたかった。

とはいえ、まねごとであってもクリストファーの顔を知る貴族たちに見られるわけにはいかない。そのため庶民の住む界隈へおしのびで行きたいと頼んだのだった。

女の子たちをけん制するのを口実に、腕を組むこともできた。かつて湖畔で一度腕を組んだが、あれは義妹として甘えるという口実があったからこそできたことだ。

やきもきさせられたけれど、今日きっかけを作ってくれた女の子たちには感謝したい。

アンジェたちは、店内に入らず軒先に並べられた商品を見て回った。クリストファーに意識が向きすぎるのか、贅沢なものに囲まれて暮らすうちに目が肥えてしまったのか。可愛いアクセサリーなどを見ても欲しいとは思わなかった。色とりどりの刺繍糸を見つけたから、珍しい色のものを何種類か購入してもらっただけだ。

「この刺繍糸を使って作ったものは、寄付に回してしまうんじゃないのかい？　もっと自分のためのものを選べばいいのに」

呆れた笑みを浮かべるクリストファーに、アンジェは笑顔で答える。

「いいんです。わたしは作ることが楽しみなんですから」

「君は本当に欲がないね。――そろそろ帰らなくてはならないけれど、他に何か欲しいものは？」

「あ、よかったら屋敷の皆さんへのお土産《みやげ》も買ってもらっていいですか？」

「……君はこういうときでも使用人たちのことを忘れないんだね」

クリストファーはわずかに声を低めて、ぐるりと周りを見渡した。そして一番近くにあった菓子屋へと、アンジェの手を引いて向かう。店先で揚げられていた菓子を指さした。

「五十人分ほど包んでくれ」

店の人もびっくりしたが、アンジェもびっくりする。

「あの……？」

おそるおそる声をかけると、クリストファーから答えが返ってきた。

「こういうもののほうが、皆喜ぶだろう。屋敷では揚げ菓子など作らないからな」

その声に、先ほどまでの優しさとは違う、どこかぞんざいな印象を受けてアンジェは戸惑う。

店主から値段を告げられたクリストファーは、内ポケットから財布を取り出そうとしてやめた。

その代わり、後ろに向かって軽く手を上げる。するとどこからともなく、クリストファーの従者が現れた。彼は店の者に代金を払い、これから揚げられる分を持って帰ると請け負ってくれる。

クリストファーはすでに揚がっていた菓子の包みを受け取り、アンジェの手を引いて歩き出した。その足が速かったので、アンジェは小走りでついていくしかなくなる。

もしかして怒らせてしまったのだろうか。使用人へのお土産を買ってほしいと頼んだのがいけなかった？

路地で待機していた馬車に乗り込むと、クリストファーが向かいの席に座るのを見計らってアンジェはすぐに謝った。

「ごめんなさい……」

クリストファーは、意外そうに眉を上げる。

「どうして謝るの？」

その言い方がやはり怒っているように聞こえ、アンジェはびくびくしながら答えた。

「使用人へのお土産をお願いしたのがいけなかったんじゃないかと思って……。貴族らしい振る舞いじゃないですよね。以後気を付けます……」

反省しながらも、その声は小さくなっていく。

──貴族は使用人を対等に見ないものです。使用人と気安く話をしてはいけません。用があるとき以外は、居ないものとして無視するのが、貴族としての在り方です。

サンドラには口を酸っぱくして言われているが、アンジェはどうしてもそのようにできなかった。そこにいるのに、いつもお世話になっているのに、挨拶の一つもしないで通り過ぎることなんてできない。

クリストファーは合格点をくれたけれど、アンジェは貴族らしくないことばかりしてしまう。そんな自分が社交界で無事にやっていけるのか、不安でたまらない。

膝の上で刺繍糸の入った包みを握りしめ、アンジェは下を向いてしまう。

両手にますます力を入れると、それをたしなめるように、クリストファーの大きな手が重ねられる。

「使用人へのお土産がいけないなんてことはない。下々のことを思いやれることは美徳だと私は思うよ。──私の機嫌が悪かったのは、自分でも狭量だと思うが、使用人たちを妬ましく思ったからなんだ」

「え?」

よくわからないことを言われ、アンジェはぽかんとして顔を上げる。目が合うと、クリストファーは気まずそうな顔をして手を離し、ふいと目を逸らした。

「君からお土産をもらえるなんて、うらやましすぎるじゃないか。私と出かけていても君が彼らのことを忘れていないと思うと妬《や》けてしまう。それだけでなく、君は気付いてなかったみたいだけれど、さっきの界隈で君を見る男たちの目ときたら！　物欲しそうな顔をして首を伸ばす奴らから、私がどれだけ君を隠したいと思っていたか。なのに君ときたら無防備に笑顔を振りまいて――」

クリストファーは不意に言葉を切ると、整髪剤で整えていない髪をくしゃっとかき混ぜ、苛立ちながらも謝ってきた。

「ああ、すまない。こんなことを言いたかったわけじゃないんだ。すべては私の狭量からくること。忘れてくれると嬉しい」

話し終えると、自己嫌悪に陥ったように片手で顔を覆ってしまう。

あっけにとられて見つめていたアンジェだったが、消え入ってしまいたいと言わんばかりのクリストファーを見ているうちに、だんだん顔が緩んできた。

やきもちを焼いてくれたなんて嬉しい。それが義兄としての感情からくるものであっても。

にやけ顔を何とか引き締め、アンジェは話しかけた。

「男の人たちから見られていたなんて気付きませんでした。笑顔を振りまいたつもりもありません。笑顔を見せたかったのはお義兄様だけです」

クリストファーは手を下ろし、まじまじとアンジェを見る。信じられずにいるのだろうか。アンジェはさらに言った。

「それに、お義兄様がお留守の間は、いつだってお義兄様のことを考えています。先日プレゼントしたシャツだって、お義兄様の無事のお帰りを祈りながら、心を込めて縫ったんですから」

「本当に？　私のことを想って……？」

改めて訊かれると、何だか恥ずかしい。

「も、もちろんです……」

はにかみながら消え入りそうな声で答えると、クリストファーは拗《す》ねたようにそっぽを向く。

「じゃあ私は、遠く離れなければ君に想ってもらえないのか？　君は今、修道院に寄付するものを縫うのに夢中で、私にはシャツどころかハンカチの一枚も縫ってくれようとしないじゃないか。——ああいや、こんなことを言いたかったのではなくて……」

アンジェは、思わずくすりと笑いをもらした。

前にも感じたけれど、クリストファーにはちょっと子どもっぽいところがある。そういうところをついつい可愛いと思ってしまう。

アンジェは笑いをこらえながら言った。

「わたしが作ったものを気に入ってくださって嬉しいです。リタに許可をもらったら、ま

「リタに許可を出すよう言っておく！　本当に作ってくれるのかい？　楽しみだな」

とたん、クリストファーはアンジェを見てぱあっと表情を輝かせる。

た何か作りますね」


喜ぶ彼を見ていると、アンジェの顔もつられて笑顔になる。

「はい、何が欲しいか考えておいてくださいね」

彼のものを作らないことで徐々に恋心を忘れていこうと思っていたはずなのに、子どものように喜ぶクリストファーを見たら断れなくなってしまった。

ピクニックのときに彼の寂しさに触れたことを思い出す。彼にとって、アンジェは唯一の家族だ。アンジェが許されざる恋心を抱いてしまったからといって、彼から距離を置いて寂しい思いをさせるのは間違っている……と思う。

作るくらい、別にいいわよね？　義妹として心を込めればいいんだから――アンジェは心の中で、自分にそう言い訳した。


それから間もなく、社交シーズンの始まりを告げる国王陛下主催の舞踏会が催される日となった。

その日は朝から入浴と念入りな手入れをされ、途中軽食をとる休憩を挟んで、夕方には支度が調った。

マゼンタ色のドレスは鎖骨がすっかり見えるほど胸元が大きく開き、胴は身体にぴったりと沿っている。スカートの部分は普段のものよりたくさん布が重ねられたペチコートで大きく膨らませており、裾がひらひらと軽やかに揺れる。袖は短く、その代わり脇下まである白い長い手袋をはめられた。

髪はハーフアップにされ、花を模した髪飾りがあしらわれる。顔には初めて化粧が施され、口紅を引かれたときには、もう成人しているというのに急に大人になったような気分になった。

予定より少し遅れて玄関ホールへ行くと、クリストファーはすでに来ていて、家令から報告を受け指示を与えていた。アンジェが階段上に姿を現すと、すぐに気付いたようでこちらを見上げ目を瞠《みは》る。

綺麗にしてもらったと思うのだが、どこかおかしいだろうか。心配になって自分を見下ろしていると、クリストファーが階段を上がってきてアンジェの前に立った。

「いつもは可憐で愛らしいけれど、今日はとても大人っぽいね。——もう子ども扱いはできないな」

クリストファーはそう言いながら、アンジェの手袋に包まれた手を取り持ち上げる。

黒の礼服を着こなし、いつも以上に魅力的なクリストファーにどぎまぎしながらその動きを目で追うと、彼は魅惑的な笑みを浮かべ、アンジェの指先に口付けた。

「美しいお嬢さん。今宵あなたをエスコートする栄誉にあずからせてください」

「は、はい……」

アンジェはぼうっとしながら返事をする。


それから付き添いのサンドラも引き連れて出発したはいいけれど、馬車は王宮への道で行列をなしていてなかなか進まない。

アンジェたちが到着したときには、舞踏会会場である大広間は大勢の貴族たちで埋め尽くされていた。まだ舞踏会は始まっておらず、出席者たちは数人ずつ寄り固まって歓談している。

アンジェたちが大広間に入って間もなく、内緒話のような小声がアンジェの耳に入ってきた。

――ヘデン侯爵が連れてらっしゃる方はどなた？　見かけたことのない方よね。

――随分親しげなようだけれどどなたかしら。

――誰か聞いてらっしゃいよ。

――そういうあなたこそ。

こちらに聞こえていないと思っているのか、女性たちはひそひそささやき合う。

居たたまれなくて立ちすくんだアンジェを、クリストファーは壁際の比較的空いている場所に誘導した。下町デートのときもそうだったけれど、彼は本当に周囲のことが気にならないらしい。

アンジェはとてもじゃないけれど、クリストファーのように落ち着くことはできなかった。遠巻きに注目されて、逃げ帰りたい気分になる。

そんな中、人混みをかき分けて一人の男性が近付いてきた。まっすぐな黒髪を長めに伸ばした、端整な顔立ちをした男性だ。

クリストファーが一歩前に踏み出すと、男性は彼の前で立ち止まる。

「やあクリストファー。その子が君の義妹かい？」

視線を向けられたアンジェは、どうしたらいいかわからずクリストファーの顔を見上げる。彼の横顔には作り物めいた、けれど美しい微笑みが浮かんだ。

「そうだ、先日ようやく見つかったばかりの義理の妹だ。アンジェ、こちらはマーシャル伯爵嫡男ドミニク・ハンセル。一緒に、王太子殿下の留学に随行して以来の腐れ縁でね」

随行の話は知っている。一般教養の一環で、クリストファーの経歴も教えてもらったからだ。

ロンズデール家の嫡男にして唯一の直系として生まれたクリストファーは、将来ヘデン侯爵位を継ぐために、幼いころから英才教育を受けていた。彼は発育が早かった上に大変賢く、三歳になるころには貴族の間で神童とたたえられていたという。王立の学園では常に学年トップで、その優秀さを買われ王太子殿下の留学に随行することになった。

現在、王太子の片腕として、彼の行う政策のいくつかの責任者となり多くの部下に指示を与える立場にある。ゆえに王太子が国王に即位したあかつきには、大臣職をいくつか務めたあと、宰相になるだろうと目されている。目の前の男性——ドミニクも王太子に随行したということは、彼もまた優秀なのだろう。

けれど、それを感じさせない軽い調子で不満げな声を上げている。

「腐れ縁とはひどいな。ここは親友と紹介してくれよ。——初めまして、クリストファーのお姫様。どうぞよろしくね」

自分の胸に手を当てて、アンジェに向かって会釈する。

「よ、よろしくお願いします」

アンジェはおずおずと前に出て、軽く腰を落とし挨拶した。

「お兄様、わたしのこともそろそろ紹介してくださいな」

ドミニクの向こうから、はきはきとした女性の声が聞こえてくる。

「ああ、忘れるところだった。アンジェ嬢に紹介させてくれ。妹のゾーイだ。去年から社交界に出ているが、アンジェ嬢と同い年だ。社交界で上手く立ち回ることには長けているから、困ったことがあったら遠慮なくゾーイを頼るといいよ」

ドミニクの後ろから現れたのは、流れるような艶やかな黒髪をした、水色の瞳の目元が涼やかな美人だった。

「ヘデン侯爵、ご無沙汰しております。アンジェ様、初めまして。兄同士のご縁もありますし、これから仲良くしていただけると嬉しいですわ」

堂々としたゾーイの態度に気後れして、アンジェはおどおどしてしまう。

「は、初めまして……こちらこそ……」

挨拶を返しかけたそのとき、ドミニクがアンジェの緊張を吹き飛ばすような声を上げた。

「何上品ぶってるんだよ、ゾーイ。クリストファーをうちの屋敷に呼べってうるさかったくせに。会いたかったんだろ？」

完璧なレディに見えていたゾーイが、急にうろたえ始める。

「お兄様、声が大きいですわ。それにそのようなこと言わないでください。それを言っていたのは昨年のことじゃありませんか。わたしはただ、喪に服して社交の場に出られないクリストファー様の気晴らしになればと」

「今年の社交シーズンには会えるのかって、しつこく聞いてきてたよな」

「お兄様！」

からかうドミニクに、ゾーイが頬を染めて声を上げる。

そんな二人に、アンジェは羨望の目を向けずにはいられなかった。アンジェがクリストファーに恋しなければ、二人のような仲の良い兄妹になれたかもしれないのに。

近付きすぎれば恋心を抑えることができず、かといって離れてクリストファーに寂しい思いをさせたくもない。義兄との距離感を摑めずに悩んでいるから、言いたいことを言い合っている二人をうらやましく思う。

それから少しして国王夫妻が入場し、国王の開始の言葉と同時に舞踏会は始まった。

舞踏会といっても、出席者が多いためにそれぞれパートナーと一回踊るのがせいぜいだという。侯爵の中でも序列が上のほうのクリストファーとそのパートナーであるアンジェには早々に順番が回ってきた。

社交の場で初めてダンスを踊るのにしては、思ったより緊張しなかった。クリストファーと踊るのは初めてではないし、気になることがあったからだ。

「緊張している？」

クリストファーに話しかけられ、はっと我に返り顔を上げる。すると間近で彼と見つめ合うことになって、アンジェはどきんと胸を高鳴らせた。

「ええっと……少し」

アンジェは必死に言葉を探し、何とか返事する。それからやはり我慢できずにおずおずと訊ねた。

「あの、お義兄様、訊いてもよろしい？」

「何だい？」

「ゾーイ様ともお知り合いなの？」

クリストファーは意外そうに眉を上げ、それから困ったように微笑んだ。

「知り合いといっても、ほんの少し話をしただけだよ。留学が終わってからも、ドミニクと一緒に王太子殿下にお仕えしている関係で、互いの家を何度か行き来しているんだ。そのとき、挨拶する程度でね」

「そうなんですか……」

アンジェの声は、幾分沈んだ。

この国の人間には珍しいまっすぐで艶やかな黒髪をしたゾーイは、美しいばかりでなく物腰が優雅で堂々としていた。それに比べ、アンジェはぱっとせずおどおどしていて、どう考えても見劣りしている。クリストファーも彼女のような人をエスコートしたかったのではないだろうか。

うつむきかけたそのとき、クリストファーがアンジェの手をぐっと摑み、腰を引き寄せた。身体が密着し、アンジェは顔を赤らめながら動揺する。抱き締めているのとほぼ変わらない状態で、クリストファーが耳元でささやいた。

「心配しなくても、君はゾーイ嬢より綺麗だよ」

アンジェはぼっと赤くなり、それから青くなった。こんなにくっついたり甘い言葉をささやいたりして、誰かにただならぬ仲だと邪推されたらどうするつもりなのか。

――クリストファーは、そんなこと考えもしないに違いない。アンジェを義妹として可愛がっているだけで、その義妹が義兄に道ならぬ恋をしているなんて夢にも思わないだろうから。

物思いに沈んでいる間にダンスは終わり、アンジェたちは会場の端に寄る。すると、クリストファーの知り合いという人たちに囲まれた。アンジェが彼の義妹だと紹介されると、何人かの顔に「ああやっぱり」と言いたげな笑みが浮かぶ。

年配の夫人がアンジェに話しかけてくる。

「お母様にそっくりね。それでお母様はどちらに？」

「母は、わたしが生まれてすぐ亡くなりまして……」

「まあ、それは残念だったわね。それにしてもクリストファー様、よく義妹《いもうと》さんを見付けられたこと。長年お父様が血眼になって捜してらして、まったく手掛かりも見付けられなかったというのに」

そうだったのかと驚くアンジェの隣で、クリストファーはにこやかに答える。

「幸運だったのです。義母に似た少女を見かけたという報告を聞かなかったら、今もまだ必死に捜していたことでしょう」

「無事に戻ってこられてよかったですわね、アンジェ様」

「はい。捜してくださった義兄《あに》には本当に感謝しています」

微笑みながらも、アンジェは居心地の悪い思いをしていた。一見親切そうな人たちがちらほらと見せる好奇の目。何故そんな目を向けられるのかわからない。

帰りたくてうずうずしているところに、新たな人物が加わった。

「クリストファー、その子が君の小鳥か？　確かに可愛いね」

プラチナブロンドにアクアマリンの瞳をした美丈夫がいた。金銀の飾り紐があしらわれた濃紺の衣装。頭に輝くのは金の輪に宝石のあしらわれたサークレット。

舞踏会開始の宣言をする国王陛下の斜め後ろに立っていた人に似ているけれど、まさか。

「王太子殿下」

クリストファーがそう呼ぶのを聞いて、アンジェは身体を強張らせた。

今日は王族の方々に直接ご挨拶する機会はないと言われていたから安心していたのに。

王太子が近付いてくると、他の出席者たちは左右に分かれて膝を折る。アンジェも彼らに倣って腰を落とし、少し前かがみになって礼をした。

クリストファーは王太子の片腕だから許されているのだろうか、胸に手を当て軽く会釈をしただけで話しかけた。

「殿下、改めて紹介します。生まれる前に行方不明になり、先日ようやく見つかった義妹、アンジェです」

紹介してもらったことで我に返ったアンジェは、何度も練習した挨拶を口にした。

「お会いできて光栄にございます。ヘデン侯爵義妹、アンジェ・ロンズデールと申します」

落ち着いた口調で言えたけれど、アンジェの心臓はばくばくいって、今にも卒倒しそうだった。

ほんの二ヶ月前まで、寂れた町の修道院で暮らすただの娘でしかなかったのだ。侯爵の義妹という立場にもまだ慣れないのに、王太子殿下と直接お会いするなんて畏れ多すぎる。

アンジェがかちこちになっていることに気付いたのか、王太子は鷹揚《おうよう》に言った。

「緊張しなくてもよい。今は義兄上《あにうえ》の友人と挨拶しているとでも思ってくれ。義兄上には世話になっている。これからもしばしば貸してもらうが許せ。その代わり、困ったことがあれば相談に乗ろう。たいていの問題は解決してやれると思うぞ」

王太子を王太子でないと思うことなど無理だ。しかも、王太子自ら相談に乗ってくれると言われ、その過分な待遇に頭に血が上ってくらくらする。

「あ、ありがとうございます……」

ふらっとしたアンジェを、クリストファーが二の腕を掴んで支えてくれた。

「殿下。私たちはそろそろ退席させていただこうと思います」

「盛り上がるのはこれからだというのに、もう行くのか？」

王太子が気分を害したように片眉を上げる。

これはいけない。わたしは大丈夫だから、と伝える前にクリストファーは告げてしまう。

「義妹が社交の場に出るのはこれが初めてなので、どうやら疲れ切ってしまったようです。社交シーズンは始まったばかりですし、どうかご容赦ください」

怒らせてしまったのではないかとひやひやしたものの、王太子の顔に浮かんだのは苦笑だけだった。

「仕方ないな。私が主催する舞踏会は最後までいてもらうぞ」

「そのころまでには、義妹も社交に慣れているかと思います」

「わかった。行け」

王太子はしっしっと追い払う仕草をする。

「それでは失礼いたします」

クリストファーが胸に手を当てて軽く頭を下げるので、アンジェはもう一度スカートをつまみ腰を落とす。

挨拶が済むと、クリストファーはアンジェを連れて会場をあとにした。サンドラとはぐれてしまったが、気にする様子もない。

馬車を回してもらう間、玄関ホール脇の控室に通される。そのころには、クリストファーはむっつり黙り込んでいた。何だか機嫌が悪い。

さほど待たずに馬車が到着した旨を知らされて、アンジェたちは控室を出て玄関へ向かい、馬車に乗り込む。

座席に座り扉が閉じられると、向かいに座るクリストファーの不機嫌さが一層感じられるようになった。気づまりで息苦しいくらいだったので、場の雰囲気をよくしようと、アンジェは話題を探した。

「あの……王太子殿下主催の舞踏会はいつあるんでしょう？」

これは知っておく必要がある。なのに、クリストファーの機嫌がさらに悪くなった。

「今から一ヶ月後くらいだけれど、そんなに王太子殿下に会いたいのか？」

何でこの話題で不機嫌になるのだろう。理由がわからないまま、アンジェは返事をする。

「お義兄様が約束をなさっていたではないですか。王太子殿下の舞踏会では最後までいると。ですから、いつまでに社交の場に慣れなければならないか、だいたいの日数が知りたかったのです」

クリストファーは目をしばたたかせる。

「君が、王太子殿下の舞踏会に出席したいんじゃなくて？」

どうしてそんなことを思うのだろう。アンジェは困惑しながら答える。

「他に誰もいないので正直に言いますと、できたら出席したくないです。わたしには荷が勝ちすぎて……。でも、お義兄様の足を引っ張りたくないから頑張りたいんです」

クリストファーは信じられないといった様子で目をすがめる。

「王太子殿下に一目惚れしたんじゃなかったのか？」

きつく問われ、アンジェはぎょっとする。

「とんでもない！　王太子殿下に一目惚れなんて無理です！　殿下がすぐ側にいらっしゃったときに、考えていたことは『今日は王族の方々に直接ご挨拶する機会はないって聞いてたのに、どうしよう』ってそればっかりだったんです」

クリストファーは、バツの悪そうな顔をして謝った。

「それは悪かった。君が顔を真っ赤にしてふらついていたからてっきり……。王太子殿下はあんなふうに自由気ままな方でね。話しかけられることも予想できていたけれど、君にあまりプレッシャーをかけてはいけないと思って黙っていたんだ」

確かに先に聞かされていたら、極度の緊張におちいっていただろう。突発的な出来事だったからこそ、失敗しないよう意識することで精一杯で、何とか挨拶までできたのだと思う。

「お義兄様の言う通りだわ。言わないでいてくれてありがとう。——それにしてもお義兄様。お義兄様ってやきもち焼きなんですね」

そう言ってくすくす笑うと、クリストファーは「え？」と驚いたようにつぶやく。アンジェは笑いながら言った。

「ほら、下町に出かけた帰りも、使用人の皆さんや町の男の人たちのことでやきもちを焼いていらしたじゃないですか。義妹にこんなにもやきもちを焼いていたら、お義兄様に恋人ができたときどうなってしまうんでしょう？」

恋人、と口にしたとき、アンジェの胸がちくっと痛んだ。

自分はどうあがいたってクリストファーの恋人にはなれない。義妹が義兄と結ばれることを、世間は許さないから。クリストファーは、彼に似合う素敵な令嬢を恋人に選ぶだろう。──例えば、ゾーイのような。

ゾーイへの強すぎる劣等感は、彼女のほうがクリストファーに相応しいと感じたからだ。クリストファーのことは言えない。アンジェのこの感情は、やきもちどころではなく──嫉妬だ。

醜い感情が自分の中にあると知って、アンジェは泣きたい気分になった。こんなことでは、義妹としてもクリストファーに相応しくなく、彼に軽蔑されるかもしれない。

早く、この醜い恋心を忘れてしまわなくては。

そんなアンジェの気も知らず、クリストファーは「ははは」と笑い声を立てる。

「恋人はしばらくいらないよ。今は義妹が可愛くて仕方ないからね」

そんなこと言わないで。見当違いな期待をしてしまうから。

痛む心を隠して、アンジェは冗談口調で言う。

「お義兄様ったら、口がお上手なんだから」

涙を押しとどめながら、クリストファーと一緒に笑った。

社交シーズンの幕開けとともに、多忙な日々が始まった。昼間は園遊会に競馬に展覧会、夜は舞踏会に晩餐会に観劇など。アンジェは言われたままに支度して、クリストファーに連れられ、サンドラを伴って出掛けていく。

そんな中、クリストファー以外で心強い味方となったのがゾーイだった。

クリストファーは始終一緒にいられるわけではない。彼には彼の社交があり、男性だけで話したいと言われれば、アンジェから離れていかなければならないこともしばしばだった。

そんなとき社交界に友達がいるわけではないアンジェは、サンドラと二人で会場の片隅にたたずむしかなかっただろう。彼女とただ時が過ぎるのを待つのは、辛い時間になったに違いない。

そんな状況を回避してくれたのがゾーイだった。彼女はアンジェが出席する催しでたいてい顔を合わせ、クリストファーと挨拶をするだけでなく、彼が離れていったあとも一緒にいてくれた。サンドラも伯爵令嬢であるゾーイといるときは一歩引いて控えている。

一番助かっているのが、社交界での交友だ。

国王主催の舞踏会の翌日、さる公爵家の園遊会で複数の女性が連れ立って近付いてきた。

——ゾーイ様、そちらの方を紹介してくださいませんこと？

緊張して顔が強張ってしまったアンジェに、ゾーイがこそっと耳打ちする。

——必要なのは〝はったり〟よ。胸を張ってにっこり笑っていれば、何でも切り抜けられるから。

すばやく言ったかと思うと、次の瞬間には優雅で堂々とした笑みを浮かべ、女性たちに話しかけていた。

——まあ、皆さま。昨シーズン以来ですわね。お元気でいらっしゃいました？　アンジェ様、お一人ずつ紹介いたしますわ。まず彼女は——。

次々紹介されても、誰が誰だか結びつかない。そんなときに助けとなったのは、一般教養として覚えた貴族の知識と、要所要所でさりげなく相手の名前を教えてくれるゾーイの言葉だった。

ゾーイはアンジェをほめることも忘れない。

——アンジェは名前を覚えるのが早いのね。わたしだったら大勢の人をまとめて覚えろって言われたって、一度や二度じゃとても無理だわ。

早い段階から、互いに敬称を付けて呼び合うのをやめようということになり、ゾーイの口調はくだけたものになった。初めて会ったときの堅苦しい言葉遣いは、かしこまった場でのよそ行きのものだという。

――それは、ゾーイがそれとなく教えてくれるから……。

――謙遜しないで、自信にしてちょうだい。アンジェはもっと自信を持っていいのよ。知識も豊富だし、貴族社会で生まれ育った人と変わりないくらい、ううん、それ以上に立派なレディだわ。

アンジェの憧れのレディと言えるゾーイにほめてもらえるおかげで、少しずつ自信がついてきたように思える。

その自信の脆さを知るのは、それから間もなくのことだったが。


さる伯爵家の夜会で、ゾーイと仲のいい令嬢たちと集まっておしゃべりをしていたときのこと。

「アンジェ様は、お母様が行方不明になったとき、お腹の中にいらしたそうね。ヘデン侯爵に発見してもらうまで、いったいどちらにいらしたの？」

悪意は感じられない質問だったけれど、アンジェは答えられなかった。

修道院で生まれ育ったことは、サンドラに口止めされている。アンジェの生まれや育ちを悪く言う人間が、社交界にいないとも限らないというのが理由だ。ゾーイにはうっかり打ち明けてしまったが、たいていの人は遠慮してその話題を避けてくれた。

けれど、やはりみんな気になっていたのか、一度質問が飛び出たのを機に、興味津々な顔をしてアンジェを見つめてくる。

わたしは小さな町の女子修道院で生まれ、敬虔で慈悲深い院長先生に育てられました――そう言えればいいのに。口止めされているせいで、自分の生まれ育ちは恥ずべきものなのだと感じてしまって辛い。

ゾーイがアンジェの様子に気付いて話を逸らそうとしたけれど、勢いに乗った彼女たちは止められそうになかった。

ど、どうしよう……。

こんなとき、クリストファーが戻ってきてくれたら。

そう願ったとき、思わぬ救いの手が差し伸べられる。

「お嬢さん方、盛り上がっているね。何の話だい？」

「きゃあ！　イアン様！」

「いらっしゃったなんて気付かなかったわ。お声をかけてくだされればよかったのに」

令嬢たちが振り返った先に、細身の男性がいた。ダークブロンドの巻き毛に灰色の目。細面《ほそおもて》で男性にしては甘い顔立ちをしている。男性は令嬢たちに笑みを振りまき、それからアンジェに目を留めた。

「たった今到着したばかりで、まっさきにお嬢さん方に声をかけに来たのさ。ところで、初めてお会いするこちらの素敵なお嬢さんは誰かな？」

ゾーイが顔をしかめたのに、アンジェを含むその場にいる令嬢は誰も気づかなかった。

「お近づきのしるしに、ダンスにお誘いしてもよろしいですか？」

助かった。ダンスを口実に令嬢たちから離れれば、ひとまず質問攻めから解放される。

「はい」

アンジェが返事をすると、周囲からうらやむ声が聞こえてきた。アンジェは男性にエスコートされてダンスフロアへ向かう。

ちょうど新たな音楽が流れ出し、アンジェは男性のリードで踊り出した。

「君を救い出すナイトになれたかな？」

「え？」

「なんだか困ってるみたいだったから、彼女たちから離れる口実を作ってみたんだけれど、勘違いだった？」

「いいえ、勘違いじゃありません。助けてくださってありがとうございました」

男性は貴族らしい優雅な笑みを浮かべる。

「自己紹介をしましょうか。僕はホーガン伯爵次男、イアン・スレイターといいます。あなたは？」

「わたしはヘデン侯爵義妹アンジェ・ロンズデールです」

イアンは大袈裟に驚いて見せた。

「ヘデン侯爵義妹ですって!?　これはとんでもないお方をダンスに誘ってしまったな」

「〝とんでもない方〟ってどういうことです？」

「あのヘデン侯爵の義妹君《いもうとぎみ》だなんて、伯爵家の次男坊である僕には高嶺の花ですよ。やあ、しまったな。お義兄様に叱られないといいのですが……」

なんだか芝居じみた様子が気になったけれど、アンジェはひとまずそつのない返事をする。

「この夜会に招待された、身元が確かな方なんでしょう？　でしたら義兄が怒ることはないと思いますけれど」

すると、イアンは嬉しそうに微笑み、アンジェにぐっと身体を近付ける。

「そうですか？　ではお義兄様から何か言われたら、僕を庇ってくださいますか？」

「え、ええ……」

そんなことを言われたら、こう答えるしかない。

「やあ、あなたに庇ってもらえるなんて嬉しいな」

イアンはそう言いながら、アンジェの身体をより引き寄せようとする。アンジェは両腕に力を入れて隙間を保とうとしたが、ささやかな胸の膨らみが時折彼の胸にこすれてしまう。

クリストファー以外の男性とも何度か踊ったことがあるけれど、彼らは適度な距離を保って接してくれた。こんなにくっついてくるのはクリストファーくらいなものだ。

　クリストファーならどきどきしながらも嫌だとは欠片《かけら》も思わないのに、イアンに同じことをされると嫌で嫌でたまらなかった。イアンは見た目がよく、物腰も優雅なのに、どことなく作為めいたところが何故だか気持ち悪い。

　それに、踊っていても楽しくなかった。もともと身体を動かすのが好きなアンジェは、クリストファーとのダンスでコツをつかむと、その後はぐんぐん上達していった。

なのに、今はちっとも上手く踊れない。脚が変にぶつかって、ステップも乱れてしまう。

早く終わってほしいと願っていると、ようやく曲が終わった。ほっとして離れようとしたとき、不意をつかれて抱き寄せられてしまう。

「もう一曲踊りませんか？」

　耳元でささやかれた瞬間ぞわっと怖気《おぞけ》が立ち、アンジェはなりふりかまわずイアンを押し退けた。

「あ、あの……！　そろそろ友人のところへ戻らなくてはならないので！」

「アンジェ様！」

　そのときちょうどゾーイに呼ばれる。アンジェは腰を落としてダンス後の挨拶をすると、イアンの手を振り切って彼女のところへ戻った。

　ゾーイの周りには、先程の令嬢たちの姿はなかった。

「彼女たちもダンスを踊りに行ったわ。——さっきはごめんなさい。みんなを止められなくて。誰だって詮索されるのは嫌よね？　これからはわたしがあなたを守るわ」

頼もしい言葉を聞いて、アンジェの顔に笑みが戻る。

「ありがとう……」

が、ゾーイの表情はまだ浮かなかった。

「ちょっとこっちへ……」

そう言いながらゾーイがアンジェを連れてきた場所は、壁際かつ柱の陰になっている、ひと気のない場所だった。会場内は騒がしいし周囲には誰もいないのに、ゾーイは声をひそめて言う。

「あのね。こんなこと言って悪いけれど、イアン様には近付かないほうがいいと思うわ」

「え……？」

ゾーイがそんなことを言うなんて意外だった。令嬢たちの騒ぎ方からして、彼女たちには好印象で人気があるように見えたのだけれど。

ゾーイはアンジェの耳元に顔を近付けてささやいた。

「嫡男以外の貴族の男性は家督を継げないから、自活の道の一つとして有力な貴族令嬢との結婚も視野に入れるのは仕方がないと思うの。でも、イアン様は……わたしの個人的な印象だけれど、やり方がほめられたものじゃないわ。あの顔だし、女性には優しいし、モテるのはわかるの。でもあの方、恋人をとっかえひっかえするのよ」

「と、とっかえひっかえ？」

意味がわからず困惑するアンジェに、ゾーイはことさらに声をひそめて言った。

「短期間で恋人を変えるってこと」

アンジェはますます困惑した。短期間で恋人を変えるなんて、本当に相手のことを愛していたのだろうか。

ゾーイは小声ながらも憤慨して話を続けた。

「モテる人だから仕方がないってみんなは言うけれど、わたしはそうは思わないわ。あの方、前の恋人より条件のいい恋人に乗り換えていってるように感じるの。表立っては聞けないけれど、あの方に突然フラれて泣いた女性は多いんじゃないかと思うわ」

アンジェはうなずいて同意した。

「ええ、わかったわ。あの方に会っても、これからは避けるようにするわね」

ゾーイの考えに確信を持てるほどイアンのことは知らないが、アンジェも彼には近付きたくないと思っている。親しくなりなさいよとけしかけられたなら困ったけれど、近付かないほうがいいという助言は大歓迎だ。

ゾーイはほっとしたようで、ようやく笑顔が戻ってきた。

「わかってもらえて嬉しいわ。ヘデン侯爵の大切な義妹《いもうと》さんですもの。危険なことにはなるべく近付けたくなかったの」

アンジェは目をしばたたかせた。

「危険なこと？」

首をひねるアンジェに、ゾーイは呆れてため息をついた。

「あなたって、本当に何も知らないのね……。あのね、女性の名誉は傷付きやすいのよ？　同じ方と何度も続けて踊れば二人の間には何かがあると勘ぐられるし、夫婦でない男女が二人きりでいるのを目撃されれば、ふしだらな関係にあるとみなされるの。もしあの方があなたとの結婚を目論んでいたとしたら、あなたをどこかの休憩室や茂みの陰へ引きずり込んで、誰かに目撃させればそれでいいの。『責任を取って結婚します』って言えばいいんですもの。そうなったら、ヘデン侯爵でもあの方とあなたの結婚を認めないわけにはいかなくなるわ。結婚させなかったらあなたの人生はどん底よ。一生ふしだらな女というレッテルがつきまとって、どこへ行っても不当な扱いを受けることになるの」

「なら男性のほうは結婚しなかったらどうなるの？」

アンジェの素朴な質問に、ゾーイは苦虫を嚙みつぶしたような表情をした。

「腹立たしいことに、男性にとっては勲章になるの。モノにした女の数が増えるほど名誉だと勘違いしているのよね。女の名誉のことなんておかまいなし。そういう男はあの方以外にもいるから、本当に気を付けてちょうだいね。あ、今度ウチに遊びに来ない？　いろいろ教えてあげるわ」

　社交シーズンが始まって一週間が過ぎるころには、ぎゅうぎゅうだったスケジュールに空きができてくる。議会が始まり、議員である貴族男性たちがそちらに出席するようになるからだ。

　こういったとき、貴族の女性たちはお茶会などを開いて女性同士の親交を深めるのだという。

　先日の夜会で約束した通り、ゾーイはアンジェを屋敷に招待してくれた。

　サンドラも付き添いとして同行したのだが、玄関ホールでゾーイの屋敷の家令に「別室でおもてなしします」と押し切られ、アンジェを何度も振り返りつつ階段脇の廊下へと消えていく。

　アンジェがおろおろしながら見送っていると、ゾーイが耳打ちしてきた。

「サンドラさんの監視付きじゃおしゃべりも楽しめないでしょう？　大丈夫。図書室に案内させたから退屈なさらないと思うわ。我が家の蔵書もちょっとしたものなのよ」

　そう言ってゾーイは階段を上がり、二階にある私室に案内してくれた。白を基調に銀の調度品が飾られ、壁などに青や緑の模様が描かれている居室は、落ち着いた雰囲気のあるゾーイに似合っていると思う。

ソファに座ると、待機していた小間使いがお茶とお菓子をすぐさま並べた。クリームたっぷりのケーキにクッキーもつまみながら、おしゃべりに花を咲かせる。といっても、ゾーイが教えてくれることをアンジェがうんうんと聞いていることがほとんどだ。

ある令嬢と令息が近々婚約する予定だとか、すでに婚約しているカップルが現在もめているので、そのカップル、特に男性のほうには近付かないほうが賢明だとか。

アンジェは社交界の噂に疎いので、ゾーイから得る情報は貴重だ。社交界で右も左もわからない中、ゾーイの手助けと情報を頼りに少しずつ知り合いを増やしている。

彼女の話が途切れたところで、アンジェは改めてお礼を言った。

「いろいろと教えてくれてありがとう。ゾーイがいなかったらわたし、社交界でやっていけたかわからないわ。お世話になりっぱなしで申し訳ないくらい……」

何かお返しができればいいけれど、アンジェがゾーイにしてあげられることなど何も思い当たらない。それでも「わたしに何かできることはない？」と訊ねてみると、ゾーイはあっけらかんと笑って言った。

「気にしないで。下心もあってあなたに親切にしているんだから」

「え？　下心？？？」

不快に思ったりはしなかったけれど、困惑してしまう。アンジェに親切にすることで、ゾーイにどんなメリットがあるのか。

きょとんとするアンジェに、ゾーイは呆れて笑った。

「アンジェってば、本当に純真なんだから。あなたとお近付きになることで得する人はいっぱいいるのよ？　なんてったって、あなたはあの近寄りがたい雰囲気のあるクリストファー様に近付くきっかけになってくれるかもしれないんですもの」

近付くと聞いて、アンジェはドキリとする。

「クリストファー様はヘデン侯爵という高い身分をお持ちだし、領地経営がお上手で先代であるお父様の何倍も収益を上げていると聞くわ。王太子殿下について各国に留学した際も、王侯貴族の信頼を次々と得て、外交面では王太子殿下のみならず国王陛下も頼りになさっているそうよ。そんなクリストファー様と親しくなることができれば、それだけで出世に有利に働くかもしれないし、クリストファー様の友人ならば、ということでいろんな人が融通してくれるようになるわ。それればかりか、あなたと結婚してクリストファー様の義理のきょうだいになれば、ただ友人になるよりもっと大きな恩恵を得られるでしょうね」

事業が成功しているといった話は聞いていたが、あまりの有能ぶりにめまいがしてくる。

「そういうわけでアンジェ、あなたはたくさんの男性に狙われているから、本当に気を付けてちょうだいね」

「う、うん……」

アンジェは動揺と困惑が入り交じった、複雑な気持ちだった。

アンジェに近付く人たちの目的はみな、クリストファーに近付くこと。アンジェ自身と仲良くなりたいからではない。

もしかすると、ゾーイもクリストファーに近付きたくて、しかたなくアンジェに親切にしているだけかもしれない。

築き上げてきたと思っていた友情が、とたんに色あせていく。

アンジェの表情から失望を感じ取ってか、ゾーイは慌てて言った。

「言っておくけれど、今は違うわよ！　アンジェとお友達になれてよかったって、心から思うわ。あなたって本当に素直で、妹ができたみたいに可愛くってしかたないの。――そんなあなたに黙っているのも心苦しいから正直なことを話すと、最初は兄にあなたのことを気にかけてほしいと頼まれたの。『今まで貴族社会とまったく無縁だった子だから、面倒を見てあげてほしい』って」

自分の知らないうちにそんな話をされていたなんて。

「それを承諾したとき、わたしはクリストファー様に近付くチャンスだと思ったわ。あなたに親切にすれば、クリストファー様もわたしに好印象を持ってくれるんじゃないかって。あなたの人柄に惹かれて本当の友達になりたいって思っている今も、わたしのクリストファー様への好印象作戦は続行中よ。だからアンジェは気兼ねせずわたしの厚意を受けてくれていいのよ」

胸を張ってそう言うゾーイに、アンジェはこらえ切れず噴き出した。

「下心あって近付いた相手に言うようなことじゃないと思うけれど、正直に話してくれてありがとう。そんなあなたがますます好きになったわ」

「本当？　よかった。わたしたちは友達ということで、これからもよろしくね」

「こちらこそよろしく」

友情を確かめ合ったところで、アンジェは素朴な疑問をぶつけてみた。

「ゾーイはどうして義兄《あに》に近付きたいの？」

ゾーイはちょっとの間きょとんとしていて、それからころころと笑い出した。

「何言ってるのよ。女性が男性に近付きたい理由なんて限られているでしょ？　クリストファー様は身分が高いしかっこいいし、女性たちのあこがれの的なのよ？　あわよくば結婚、ダメでも一時的な恋人や一夜限りの関係でもいいって騒いでいる女性が何人もいるわ」

アンジェの胸がずきんと痛んだ。

今まで自分の恋心を隠すのに必死で考えてもみなかったけれど、クリストファーもいずれは結婚する。今はアンジェがいるから恋人はいらないと言っているけれど、いつ恋人をつくってもおかしくない。

ショックを押し隠し、アンジェは微笑んで訊ねた。

「ゾーイはお義兄様と——クリストファー様と結婚したいの？」

ゾーイは頬を薔薇色《ばらいろ》に染め、胸の前で慌てて手を振った。

「とんでもない！　結婚できるなんて思ってはいないわ。わたしよりクリストファー様に相応しい人はいっぱいいるもの。でも、あこがれるのは自由でしょう？　せっかく兄とクリストファー様が親しくしていて、わたしと同い年の義妹《いもうと》——つまりあなたがいるんだもの。お近付きになろうとしないのは損じゃない？」

「——ええ、そうね」

そう微笑むので精一杯だった。話が変わっても、先ほどのゾーイの話が頭から離れない。作り笑いも辛くなってきたころ、ゾーイが心配そうに顔を覗き込んできた。

「顔色が悪くなってきたけれど、具合が悪いの？」

「ごめんなさい。ちょっと疲れてしまって……」

「客室で休む？」

「ううん。申し訳ないけれど、今日はこれでおいとましていいかしら？」

そうしてアンジェは、予定より少し早い時間に帰った。

ヘデン侯爵の屋敷に着くとすぐに自室に戻り、室内着に着替えさせてもらうと休むからと言って一人にさせてもらう。

今晩は予定がなくてよかった。こんな気分でクリストファーの隣に義妹として立つことなんてできない。

一人きりになると、アンジェは寝台に倒れ伏す。

わかっていたことだけれど、現実を突きつけられると辛かった。

アンジェはクリストファーの義妹。クリストファーに近付く手段にはなっても、誰もアンジェが彼の相手になるなんて考えもしない。

ゾーイは、自分よりクリストファーに相応しい女性はたくさんいると言っていたけれど、それでもアンジェよりはずっと相応しい。それがうらやましくてたまらなくて、胸に焼けつくような痛みを覚える。

修道院にいたころから、アンジェには友達と呼べる人はいなかった。町の人も通りすがりの旅人も、立ち寄るのは一時的なことで、すぐに立ち去ってしまう。だから、アンジェにとってゾーイは初めての友達だった。

その友達に、こんな感情は抱きたくない。――嫉妬などという醜い感情は。

夕食に呼ばれたけれど、体調がすぐれないと言って断った。それからすぐ、クリストファーが部屋までやってくる。この屋敷に初めて入った日以来だった。

小間使いが止めてくれる声が聞こえてきたけれど、クリストファーは寝室にまで入ってくる。

「具合が悪いのならば、着替えて毛布にくるまらなければ。医者を呼ぶかい？」

今は、彼の優しさも辛い。でも、いたわってもらっているのに、答えないわけにはいかない。アンジェは気力を振り絞って起き上がり、クリストファーにかすかな笑みを見せた。

「お医者様を呼んでいただくまでもないです。ちょっと疲れただけで……。最近毎日出かけてばかりいたから」

「そう？」

信じていない口ぶりでつぶやくと、クリストファーがアンジェの額に手を伸ばしてくる。よけることもできずにいると、大きくて温かい手がアンジェの前髪をかき上げる。

驚いて首をすくめ目を固く閉じると、額に触り心地のいい、けれど硬い何かが触れた。間近に自分のものではない吐息を感じ、クリストファーが額と額をくっつけているのだと気付く。

「熱はないようだね」

吐息がかかるぐらい間近で言われ、アンジェは何だか恥ずかしくてかあっと頬を火照《ほて》らせる。

クリストファーの顔が離れていき、頭をそっと撫でられる。

「具合が悪くなったら遠慮なく言うんだよ」

ようやく納得したのか、クリストファーは部屋から出ていく。

小間使いが用意してくれた夜着に着替え、アンジェは寝台と毛布の間にもぐり込んだ。

下町でデートしたのを最後に諦めるつもりだったのに、想いは消えるどころか、ますます鮮やかに色濃くなっている。

大好きだけれど、会いたくなかった。会えば会うほど想いが募っていってしまうから。

今日はごまかしてやり過ごしたけれど、明日になればまた夕食の時間がやってくるし、彼に伴って出席しなければならない社交の催しもある。

これからどうしたらいいのだろう。どうやったら彼のことを諦められる？

答えを出せないまま、アンジェは眠れない一夜を過ごした。


ある日の夜会で、アンジェは困り果てていた。

「いいじゃないですか。一曲くらい」

そう言って迫ってくるのは、以前令嬢たちの質問攻めから助けてくれたイアン・スレイターだ。

あれ以来、何度もダンスに誘われている。ゾーイがいれば上手く断ってくれるのだが、それがわかっているからか、イアンは彼女が離れているときを見計らっているようだ。

付き添いとして同行しているサンドラに助けを求めても、「お断りしては失礼です。行ってらっしゃい」と言われ当てにならないし、一緒にいる令嬢たちは、アンジェが嫌がっていることを察してくれない。イアンは見た目がよくて話し上手で、女性たちの間で人気なのだ。彼を苦手とする女性がいることなど思いもよらないのだろう。

彼女たちに悪気は一切ないから余計に困る。

「イアン様にダンスに誘ってもらえるなんてうらやましいわ」

「わたしたちのことは気にせず行ってらっしゃいよ」

アンジェは困り果てながら、前にゾーイが使った断り文句を思い出し言ってみる。

「ごめんなさい。わたしちょっと疲れてしまって。誰か他の方を」

お誘いになって——と続けるはずだったのに、いきなりイアンに腕を取られて言葉が途切れてしまう。

「それはいけない。どこかで休みましょう。そうだ、休憩するのにちょうどいい場所があります。そこへ行きましょう」

イアンは早口で言うと、アンジェを引っ張ってバルコニーへと向かう。

最初は引っ張られるままになってしまったアンジェだが、開け放たれたバルコニーから物陰の多い庭へ下りられると気付くと、慌てて足を止めた。

「待って！　そちらへは……！」

イアンはそれ以上言わせまいとするかのように、アンジェの肩を抱き、とんでもないことを言い出す。

「早く二人きりになれなくて拗ねているのかい？　だったら急いで行こう」

アンジェは信じられない思いで、間近にあるイアンの顔を見た。

そんなこと言っていない。そもそもそんな関係ではない。

何故いきなりそんなことを言い出したのかと考えたとき、ゾーイから以前聞いたことを思い出す。

――もしあの方があなたとの結婚を目論んでいたとしたら、あなたをどこかの休憩室や茂みの陰へ引きずり込んで、誰かに目撃させればそれでいいの。『責任を取って結婚します』って言えばいいんですもの。

アンジェはぞっとして、イアンの身体を押した。

「行きたくありません……やめて……」

恐ろしくて声が震える。そんなアンジェの抵抗などものともせず、イアンはアンジェを抱きかかえるようにして庭へと続く階段のほうへ連れていこうとする。

バルコニーにはちらほらと人がいるのに、誰も助けてくれようとはしなかった。傍目《はため》には恋人同士の痴話げんかに見えているのかもしれない。

お義兄様――！

心の中で助けを求めたそのとき、力強い手がアンジェからイアンを引き離した。

目の前には背が高くて大きな背中。それを見ただけで、アンジェの心に安堵が広がる。

アンジェを庇うように割って入ったクリストファーは、常には聞かない怒りのこもった声でイアンに言った。

「嫌がる義妹《いもうと》を庭へ連れていって何をするつもりだった？」

クリストファーの大きな背中の向こうから、イアンのおどおどした声が聞こえてきた。

「い、いえ……あの……」

「今後、義妹に近付くな。近付いたらただでは済まさないから覚えておけ」

クリストファーらしからぬ乱暴な物言いにアンジェは驚くも、肩を強く抱いてきた彼がそのまま早足で歩くので、ヒールのある華奢《きゃしゃ》な靴で追いつこうとするだけで精一杯になる。

会場出口まであと少しというところで、夜会の主催者である屋敷の主人が飛ぶようにやってきた。

「もうお帰りになられるのですか？」

「まだ早い時間だというのに申し訳ない。義妹が悪い男に絡まれて動揺していてね。早く家に帰して安心させてやりたいんだ」

アンジェはクリストファーのおかげでもう動揺していないのだが、それを聞いた屋敷の主人のほうが動揺し出した。

「わ……悪い男、ですか？」

「ええ。嘆かわしいことに、社交界にも不心得者が入り込むことがありますからね。交友関係を一度見直されることをお勧めします」

　こう言われてしまっては、引き留めることなどできなかったのだろう。屋敷の主人は懸命に謝罪し、その場を取り繕おうとする。

　そのうちにサンドラがあたふたとやってきて、馬車が正面玄関に横付けされる。アンジェとサンドラが並んで座り、その向かい側にクリストファーが座ると、馬車はゆっくりと走り出した。

　クリストファーがすぐ話しかけてくる。

「それで、どうしてあんなことになってたんだい？」

　口調は穏やかだけれど、責められていると感じた。

　面倒をかけてしまったこともあり、アンジェはぽつぽつと事の次第を正直に話す。

　サンドラに踊ってくるよう言われたことだけは黙っていた。本人の目の前で告げ口をするようなまねは、さすがにできなかったから。

　腕を組みながら聞いていたクリストファーは、長い話が終わるとおもむろに口を開いた。

「まず一つ目だが、君が修道院で生まれ育ったことを秘密にする必要はない。君は女子修道院で、他の令嬢たちよりよっぽど厳格な育ち方をした。それは誇れることであって、恥じるべきことではないからだ」

　生まれ育ちを隠せというのは、サンドラの独断だったのか。

よくよく考えてみれば、院長先生に敬意を持って話しかけ、今も惜しまず援助してくれているクリストファーが、修道院で生まれ育ったことを恥と思うわけがない。もっと早くクリストファーに確認して、自分の生い立ちを堂々と答えればよかったと反省する。

そのアンジェの隣で、サンドラが声を上げた。

「ヘデン侯爵、お言葉ですが」

「パークス女史」

クリストファーのきつい呼びかけが、サンドラの口をつぐませる。

「アンジェの生い立ちを隠すとして、その後のことを考えたことはあるのか？　社交界には噂話が好きな暇人も多ければ、ちょっとした秘密を暴き立てて他人を蹴落とそうとする輩《やから》も多い。秘密はいずれ暴かれるもの。敵となる相手に後ろ暗いものとして暴露されるのと、自らが胸を張って公表するのとでは、大きな違いがある。どちらがいいかは、言わなくてもわかると思うが？」

「……おっしゃる通りでございます。わたくしが間違っていました。申し訳ありません」

サンドラは悔しさを隠し切れない様子で謝罪を口にする。

「二度と勝手なことをしないでくれ」

サンドラに厳しく言うと、クリストファーはアンジェに険しい目を向けた。

「二つ目だが、何故あの男のことをもっと早く私に教えてくれなかった？」

アンジェは、すぐには返答できなかった。

本当は相談したかったけれど、断ったら失礼にあたるとサンドラに言われ、イアンを拒むことが悪いことのように思えてしまったのだ。それもあって断り切れず何度かダンスをする羽目になったのだが、回を重ねるごとにイアンのやり口は大胆になっていき、あんな騒ぎを引き起こすこととなってしまった。

「ごめんなさい……」

質問への返事になっていないが、アンジェに言えるのは謝罪の言葉しかない。クリストファーの顔を見ていられずうつむいたアンジェの耳に、諦めたようなため息が聞こえた。

「イアン・スレイターには、評判のいい表の顔の他に、よくない噂が付きまとう裏の顔もある。恋仲になった令嬢から金をせびって、その金が切れるとさっさと別の令嬢に乗り換えるらしい。怪しい賭博場に出入りして、令嬢からせしめた金をつぎ込んでいるという噂もある」

それを聞いたサンドラは、さっと青ざめた。また一つ自分の判断ミスに気付かされ、ショックを受けているのかもしれない。

サンドラの様子など気にも留めず、クリストファーは肩をすくめて言った。

「そういったわけだから、あの男には近付いてもらいたくないな」

もはや言葉を発せないであろうサンドラの前で、クリストファーはアンジェに甘い笑みを浮かべる。

「これからは君から離れないようにするよ。愛する義妹《いもうと》に悪い虫がつかないように、ね」

愛すると言われ、アンジェは照れてうつむいた。けれどすぐに絶望的な気持ちになる。

愛されているのは、あくまで義妹として。女性として愛されることはない。兄妹として出会いたくなかった。けれど兄妹でなければ側にいることも叶わなかった。

膝の上で両手をぎゅっと握り合わせていると、大きな手がアンジェの両手をすっぽりと包む。

「心配しなくて大丈夫。私が守るから」

アンジェは何とか顔を上げて、ぎこちなく微笑んだ。

この分なら、クリストファーへの恋心はまだ気付かれていない。

これからも悟られないようにしなくてはと、アンジェは決意を固くする。

邪《よこしま》な想いを抱いていると知られて嫌われたくないというだけでなく、そんな義妹を持ってしまったことで、クリストファーまで世間から後ろ指をさされることになったら辛いから。

第五章

馬車の中で約束してくれた通り、クリストファーは社交の場でアンジェから離れなくなった。

男性だけで話があると言われても、別の機会にと言って断る。ダンスはアンジェとしか踊らず、アンジェを知り合いの男性と踊らせても、クリストファーはその様子をただ眺めるだけで、女性の誘いはこの一言で断る。

「私が目を離した隙に、義妹に何かあったらと思うと耐えられないんです」

そう聞くたびに、いけないと思いながらも、アンジェは心の中で喜びを噛み締めていた。

一時的なことだとわかっているけれど、今だけはクリストファーはアンジェだけのもの。

あれ以来、イアンの姿を見かけることはなくなった。未婚の娘に悪さするという噂が広まり、社交界から締め出しを食らっているようだ。

だというのにクリストファーがアンジェから離れないので、ダンスを断られた女性たちはアンジェに憎々しげな視線を向けてくる。離れたところでアンジェを見ながらひそひそ話をする女性を見るたびに、クリストファーに恋していることがバレたのではないだろうかとひやりとした。

一方で、人の好い女性たちは好意的な言葉をかけてくれる。

――お義兄様に愛されているのね。うらやましいわ。

アンジェには、その言葉が一番こたえた。他人からそう聞かされるたびに、クリストファーとは義兄妹だという現実を突きつけられているような気がして。

アンジェがどんなに恋焦がれても、クリストファーと結ばれることはあり得ない。

それをより思い知らされることになったのは、王太子主催の舞踏会まであと数日というころだった。

私室で寝支度をしていたアンジェのもとへ、サンドラがやってきてこう言った。

「イアン様がよからぬ輩だということを見抜けなかったのはわたくしの失態ですが、ダンスを勧めたのはあなたを思ってのことです」

藪《やぶ》から棒な話の切り出し方に、アンジェは目をしばたたかせた。イアンの一件のことを今頃言い訳されても困るし、アンジェを思ってのことと言われても正直サンドラの押しつけがましさにはいい加減うんざりしている。

けれども、満足しなければ帰ってくれないだろう。何と言えば帰ってくれるかと考えていると、サンドラは顎を上げ毅然とした態度でこう続けた。

「あなたは新たな庇護者となる夫を見つけなければなりません。そうしなければ、侯爵の結婚の妨げになってしまいます」

言われなくてもわかっていたことだった。アンジェを守ろうとするあまり、最近のクリストファーはまともに女性を相手にしていないように思える。

女性たちも、常に彼の側にいるアンジェに表向き好意を持っているふりをするが、ほとんどが邪魔と言いたげにこっそりアンジェを睨み付けてくる。クリストファーが結婚相手を探していないのは明らかで、アンジェがその原因だとわかっているのだ。

クリストファーのためにも彼から距離を置かなければならないとわかっているが、イアンのような男性がまた現れたらと思うともう大丈夫とは言い出せない。

それだけでなく、クリストファーが側にいて守ってくれていることが嬉しくて、この状況から逃れがたくなってしまっている。

けれど、いい加減彼への想いを断ち切るべきだ。

「……はい」

落ち込むがゆえに、力ない返事になってしまう。

サンドラはそれが気に入らないのか、くどくどとお小言を続けた。

「侯爵には婚約者どころか特定のお相手もいらっしゃらないようですけど、いずれ良家のご令嬢と結婚して跡継ぎをもうけなければなりません。その際に、べったりくっついて離れない義妹がいては、相手の家からの心証も悪くなります。それにあなたも、いつまでも侯爵家にいるわけにはいきません。身分の高い男性に見初めてもらって、侯爵家にとって有益な結婚をしなければならないのです。とはいえ、侯爵はすでにあなたの嫁ぎ先を決めていて、それで悪い虫がつかないように守っておられるのかもしれませんが」

「え――？」

呆然とするアンジェを見下すようにサンドラは言う。

「貴族の女性は、政略結婚の道具となるべく蝶よ花よと大事に育てられるのです。侯爵が今あなたを甘やかしに甘やかしているのは、生まれたときから大事に育てられなかったことへの埋め合わせでしょう。侯爵は政略結婚に使うために、あなたを捜し出し引き取ったのです」

アンジェは、目の前が真っ暗になったような気がした。

サンドラが帰り、寝支度を終えて寝台に入っても、アンジェの頭の中で先程聞いた話がぐるぐる巡っていた。

――侯爵のことです。嫁いでもあなたが幸せに暮らせるよう、良いお相手を選《え》りすぐっているに違いありません。侯爵ご自身は踊られないのに、あなたには知り合いの男性と踊るよう頻繁に勧めておられるではないですか。あれは、あなたと相手の男性との相性を見てくださっているのだと思います。あなたがたが踊っているところを見ている侯爵は、まるで相手のお人柄を見定めようとするかのように鋭い目をなさっておいでですから。

言われてみれば、そうかもしれない。クリストファーは同じ相手を選ぶことなく、知り合いの男性に次々アンジェと踊ることを勧めた。その中には既婚者もいたが、未婚の男性も多かったはずだ。

クリストファーが、知らないうちにアンジェの結婚相手を選んでいたことがショックだった。いつまでもクリストファーの側にいられないことはわかっていた。けれど、最初から嫁がせるためだけに引き取られたなんて。

それを知った今、クリストファーの優しさも親切さも、時折見せてくれた嫉妬心も、全部色あせてしまった。全ては、アンジェに政略結婚を承諾させるための偽りだったのではないだろうかと。

そう認めるのは辛かった。初めて出会ったときから騙されていたというようなものだから。

なのに、どうしてクリストファーへの恋心は消えてなくならないのだろう。

いっそ嫌いになれたらいいのに、胸が痛むだけで恋心には傷一つつかない。その理由に、アンジェは薄々気付いていた。

クリストファーを好きになったのは、彼が優しくて親切だからというばかりではない。アンジェの名を叫び、暗くじめじめとした牢屋に飛び込んできてくれた彼。目的が何であれ、あのときの彼の必死さは本物だった。

アンジェを引き取るためとはいえ、院長先生のために医者を呼び看護人をつけてくれて、修道院を立て直すまで人を雇い入れてくれた。今も援助を続け、修道女を集めてくれているのは、領内の修道院が寂れ朽ち果てていくのを見過ごせなかったからなのだと思う。

——それは君のお母上の形見だというだけではない。君のお父上の形見でもあるんだ。手放したりしてはいけないよ。

あの優しさまで嘘だとはとても思えない。

アンジェの中には、クリストファーへの恋心だけでなく、揺るぎない信頼も育っていた。サンドラが言ったように、クリストファーはアンジェをよくない相手に嫁がせたりはしないだろう。たとえその相手の家がヘデン侯爵家にとって恩恵を与えてくれようとくれまいと、アンジェを幸せにしてくれる相手を選ぶはずだ。

そう考えられるくらいに、アンジェはクリストファーを信じ切っている。それほどまでに信じている相手をどうして嫌いになれよう。

そして嫌いになれないからこそ、アンジェはクリストファーに迷惑をかけたくなかった。彼の結婚を邪魔したくなかったし、自分の恋心を決して他人に知られたくはなかった。

アンジェの結婚は、ちょうどいいかもしれない。

クリストファーはアンジェを守らなくて済むようになるし、邪魔者がいなくなれば自身の結婚相手を捜すのに支障がなくなる。

それに、クリストファーが選んでくれる夫ならば、アンジェも愛せるようになるかもしれない。そうしたら必然的にクリストファーへの恋心とさよならすることができる。

今は身を切るように辛いこの決断も、時が経てば「あのとき決断しておいてよかった」と思える日がきっと来る。

そうと決めたら、決心が鈍《にぶ》らないうちにクリストファーに話したくなった。アンジェに覚悟ができていると知れば、クリストファーも縁談を進めやすくなってほっとするだろう。

それに、こんな話は他の人に聞かせられない。二人きりのほうが都合がいい。

いてもたってもいられず、アンジェは起き上がって寝台を出た。足元に畳んで置かれていたガウンを身に纏い、ランプを持ってそっと部屋から出る。

深夜にこんな恰好で屋敷内を歩き回るのはいけないとわかっている。だから誰にも気付かれないよう足音を立てずにこっそり歩いた。

この時間、クリストファーはまだ書斎にいるはずだ。彼の務めは膨大で、夜は遅くまで執務をこなしていることは知っている。

　書斎には三回しか行ったことがないが、アンジェは場所をすっかり覚えていた。

　西棟の二階にあるアンジェの部屋から中央棟を通り過ぎて東棟に入り、三階に上がる。廊下に入ると、見覚えのある大きな扉の隙間から、うっすら明かりが漏れているのが見えて間違いないと確信する。

　アンジェは扉の前に立つと、ごくんと唾を呑み込み、それから慎重に扉を叩いた。

「誰だ？」

　アンジェがあまり聞いたことのない、クリストファーのぶっきらぼうな問いかけ。

「アンジェです」

　そう答えた瞬間、扉の向こうからがたんという音が聞こえた。何があったのかとはらはらしていると、少ししてクリストファーが言った。

「鍵は開いてるよ。入っておいで」

　優しい口調に、泣きたい気分になる。それは演技なのか、それとも本心からなのか。

「失礼します」

　返事をして扉を開け中に入ると、クリストファーは立ち上がって机の上に散らばった書類をまとめているところだった。大きな机の端にはランプがあり、十分な明るさで室内を照らしている。

クリストファーは少し顔を上げ、アンジェに微笑みかける。

「どうしたんだい？　こんな夜遅くに」

ランプを消したアンジェは、申し訳なくて身を縮こませた。

「こんな時間にごめんなさい。お義兄様と二人きりで話したいことがあって」

それを聞いた瞬間クリストファーが見せた嬉しそうな表情に、アンジェはどきんと胸を高鳴らせた。今更ながら、彼の美しい容貌や魅力的な表情にも惹かれていることに気付く。けれど、その思いもこれから断ち切ることになる。

「いや、構わないよ。アンジェならいつでも大歓迎だ」

書類を片付けたクリストファーは、アンジェの側までやってきてランプを受け取った。そしていつものように肩を抱き、部屋の中央に置かれた緋色のソファへといざなう。

アンジェを先に座らせると、クリストファーはランプを書斎机の上に置いて戻ってきた。

クリストファーは、何のためらいもなく、アンジェにぴったりくっつくように座る。これも最後だと思うと、緊張よりも名残惜しさを感じた。

社交界に出ていろんなきょうだいの話を聞いているうちに、アンジェとクリストファーのきょうだい関係は他の人たちよりずっと親密なのだということがわかってきた。たいていのきょうだいはここまで仲が良いことはなく、時に互いに無関心で社交の場でも挨拶しないことさえあるという。

でも、これからは適度な距離を保たなければ。そうしないと、クリストファーの花嫁となる人だけでなく、アンジェの夫となる人もあまり快くは思わないだろう。

肩に手を回して、クリストファーはアンジェの顔を覗き込んできた。

「私と二人きりで話したいことって、いったい何かな？」

機嫌のよさそうなクリストファーに勇気をもらい、アンジェは思い切って話した。

「あの……サンドラさんから聞いたんですけど、お義兄様はわたしの結婚相手を探してるんじゃないかって」

そのとたん、クリストファーのにこやかだった顔から表情が消えた。

いや、かすかに見開かれた目から驚愕が読み取れる。知られたくなかったことなのだろうか。アンジェは不安を覚えながら、言い訳じみたことを口にした。

「お義兄様に結婚相手を探してもらうのが嫌なわけじゃないんです。ただ、もうこの方と決めてらっしゃる方がいるのでしたら、早めに教えていただけたほうが、覚悟しやすいと言いますか……」

アンジェが中途半端に言葉を切ったあと、クリストファーがおもむろに口を開いた。

「パークス女史は、どうして私が君の結婚相手を探していると？」

真偽が判別できないまま、アンジェはおずおずと答える。

「お義兄様が、ご自分は踊らないのに、わたしには知り合いの男性を何人も紹介して踊るようにと……。わたしとその方が踊っているところを、お義兄様は品定めをするかのように鋭い目で見ていたと教えてくれました」

聞き終えたクリストファーは、深いため息をついた。肩にかかった腕に、ずっしりと重みがかかる。横を見れば、クリストファーはもう一方の手で目元を覆っていた。

「――なるほどね」

その一言で、サンドラの言っていたことが正しかったと悟った。

胸を痛めていることに気付かれないよう、アンジェは懸命に微笑む。

「わたしを見つけただけでなく、夢のような暮らしを与えてくださってありがとうございます。お義兄様のためになるのなら、わたしは誰のもとであっても嫁ぎます。ですから、遠慮なくお相手の名前を教えてください」

クリストファーはアンジェの肩から腕を外し、両腿の上に肘をついた。そうして前屈みになり、今度は両手で目元を覆う。

まるで苦悩しているかのような仕草だった。何か問題があるのだろうか。アンジェをよくない相手に嫁がせなくてはならなくなったとか。

クリストファーが重い口を開いた。

「……君に幸せな結婚をしてもらいたいと考えていた。不幸な幼少期を帳消しにできるくらい、幸せにしたかった」

「したかった」と過去形にするということは、クリストファーがアンジェの結婚相手に選んだ男性は、やはり問題があるのだ。

だとしても構わない。クリストファーの役に立てたというだけで、アンジェはその先の人生を幸せに過ごせるだろう。

気に病まなくていい——と伝えようとしたそのとき、クリストファーは顔を上げてアンジェのほうを向いた。その瞳に彼らしくない弱々しさを見て、アンジェは息を呑み言葉を失う。

そのままクリストファーを見つめていると、彼の手が不意にアンジェの手を摑んだ。

「でも駄目だ。君が他の男のものになるなんて耐えられない」

彼の言っていることが理解できない。

混乱するアンジェに顔を近付けて、クリストファーは苦しげに言った。

「アンジェ、君が好きなんだ。どうか私と結婚してくれないか？」

アンジェはまたも息を呑んだ。次の瞬間、弾かれたようにソファから立ち上がる。

「そ、そんなことできるわけがありません！　わたしたちは義兄妹《きょうだい》なのよ!?」

血のつながりはなくても、きょうだいの結婚は許されない。

問題のある男に嫁がされるより悪い。何のためにアンジェが恋心を抑え込んできたというのか。クリストファーが後ろ指さされないようにしたかったからなのに。

それでも、好きと言われて天にも昇る思いがする。心臓が激しく打ち鳴らされ、足から力が抜けてその場にへたり込んでしまいそうだ。でも駄目、離れなければ。

けれど、クリストファーがアンジェの手をぐっと摑んで離さない。その手をアンジェは振りほどけない。

クリストファーはすがるような目をしてアンジェを見上げた。

「だが、君も私と同じ気持ちなのではないか？」

再び息が止まる。

返事ができないでいるアンジェに、クリストファーは重ねて言う。

「気付いていたよ。君が私を見る瞳、私に向ける微笑み、上気した頰。君の仕草のすべてが、私を好きだと言っている。だが、それがなくとも、私は君を愛していた」

愛――その言葉に、狂った心臓がさらに跳ねる。

「駄目よ……許されないわ、わたしたちが想い合うことだって……」

説得力のない拒絶の言葉が唇から流れる。

「君と結ばれることも叶わず、想うこともできない地獄に比べたら、周囲の中傷などそよ風にもならない。お願いだ。どうか私を愛して。私に君を愛させてくれ」

その言葉を耳にした途端、急に足から力が抜けてソファに座り込んでしまった。

そんなアンジェに、クリストファーが覆い被さってくる。

初めて感じた彼の雄の雰囲気に動揺する間もなく、アンジェの唇に柔らかいものが押し当てられた。


信じられない……お義兄様がわたしにキスするなんて……。

しかも、家族や友人が交わす軽いキスじゃない。それ以上に親密で、濃密なキス。

駄目、いけない。——そう思うのに、餓《かつ》えた獣のような貪《むさぼ》りつくさんばかりのキスに、アンジェはたとえようのない喜びを感じてしまう。

クリストファーに愛されている。何もかもかなぐり捨てる激しさで。

初心《うぶ》なアンジェは、クリストファーから与えられる感覚にたちまち呑み込まれていった。

唇の上を食《は》むように行き来する、しびれを伴った甘い感触。

合間に感じる興奮した吐息。彼の大きくて温かな手が、顔や頭、首筋を忙《せわ》しなく撫でる。

イアンに触られたときはほんの少しでも嫌だったのに、クリストファーが相手だともっと触ってほしくなる。

我を失ったアンジェは、クリストファーの首に手を導かれたとき、本能に従うように彼の首に両腕をからめていた。

キスに夢中になっていると、不意に彼の唇が離れていく。そのときになって呼吸を忘れていたことに気付き、短く浅い呼吸で空気を貪った。

そんなアンジェと視線を合わせながら、クリストファーはうっとりとした笑みを浮かべてささやく。

「私と結婚してくれるね？」

その言葉に、アンジェは現実に引き戻されてしまった。クリストファーの首にからめていた腕を解き、その手で彼の肩を押し返そうとする。少しは距離ができたが、クリストファーはアンジェの背中に腕を回してそれ以上離れようとしなかった。

その距離が切ない。もっと近付きたいのに近付くわけにはいかない。両想いだとわかったのに、その恋を諦めなければならない悲しさ。

アンジェは泣きたいのをこらえてクリストファーに言った。

「血がつながっていなくても、わたしたちは兄妹です。世間の人たちは結婚どころか、わたしたちが想い合うことも許さないでしょう」

クリストファーは悲しげに顔を歪める。

「アンジェは、私のことを嫌いかい？　兄が妹を愛するなんて汚らわしいと」

アンジェは慌てて首を横に振った。

「いいえ！　そんなこと思っていません！　わたしもお義兄様を愛しています。ですが、他の人が知ったらどう思うか……」

クリストファーはアンジェをソファの背もたれに押し付け、両手で頬を挟んでまたキスをしてくる。拒まなければと思うけれど、もぎ離そうと思って彼の腕にかけた手にはそれだけの力がこもらず、逆にしがみつくようになってしまった。

角度を変え何度も唇を押し付けられる。その感触があまりに気持ちよくて、頭の芯まで蕩《とろ》けていくようだった。

ようやく唇を解放されたときも、無意識に空気を貪るばかりで頭がろくに働かなかった。そんなアンジェに真摯な視線を注ぎながら、クリストファーは言い聞かせる。

「君の言う通り、世間の人々は私たちの結婚を祝福してはくれないだろう。だが、私たちは再会したばかり。兄妹として暮らした期間は短い。心を込めて人々に訴えれば、いつかきっと受け入れてもらえる。もちろん、それまでには険しい道のりが待っているだろう。君にも辛い思いをさせる。だがお願いだ。私と一緒に試練を乗り越えてくれないか？」

それは、抗《あらが》いがたい誘惑――。

手を取り合い、ともに試練を乗り越えていけたらどんなにいいだろう。

けれど、そういうわけにはいかない。結ばれることが叶うのなら、アンジェは世間から背を向けられてもかまわない。けれど、クリストファーは違う。

アンジェはまだ力の戻らない手を彼の肩まで持っていき、弱々しくも押し返そうとした。

「駄目です……お義兄様には守るべき領地と領民がいるではありませんか。それに、王太子殿下の片腕として国のために活躍するという、輝かしい未来が……」

「そんなことどうだっていい！」

クリストファーは吐き捨てるように言うと、アンジェにまた唇を近付けてくる。彼のキスが欲しくてたまらなくても、受け入れるわけにはいかなかった。キスをされると他のことを考えられなくなってしまう。彼の言葉に流されて、結婚を承諾してしまいそうになる。

それは絶対に駄目。彼に道を踏み外させるわけにはいかない。

アンジェは彼の唇を両手で防いだ。

「どうだっていいことじゃありません……わたしはお義兄様からあるべき未来を奪いたくないんです……！」

クリストファーは、アンジェの手を自身の口元から外し、大きくて硬い手で華奢な両手を握り込む。

「君と歩めない未来なんて欲しくない！　君さえいれば、本当は他に何も要《い》らないんだ――」

追いかけてくるクリストファーの唇から、アンジェは顔を背けて逃げる。

君さえいれば――愛する人にそう言われて、嬉しくないわけがない。

けれど、喜んでいてはいけない。アンジェは必死に説得した。

「国王陛下がわたしたちの関係をお怒りになって、お義兄様から領地を取り上げたらどうするんです？　そんなことになったら、お義兄様を頼りにする領民たちを見捨てるようなものです……！」

「国王陛下が私を切り捨てることはないさ。だが、もしそうなったら他の国へ行けばいい。留学したおかげで各国の王侯貴族や大商人と知り合いになって、その縁で気が向いたら来ないかといくつか誘いを受けているんだ。私たちが義兄妹であることを気にしない国もある。そこへ行って、新しい生活を始めてもいい」

あっさり領民を見捨てることを選べるクリストファーに、アンジェはおののき、とっさに叫んだ。

「駄目！　そんなの駄目――」

だが、クリストファーは片手でアンジェの顎を掴み正面を向かせると、その叫びを発した唇を柔らかな自身のそれでふさいでしまう。

三度目ともなると、キスの甘さに溺れ切ることはなかった。もっとされていたいという欲求を、アンジェは彼のためを思うことで断ち切ろうとする。顔を左右に振り、いつの間にか片手でまとめて拘束されていた両手をもぎ離そうとする。

アンジェは口を硬く閉じたが、クリストファーはそれでも構わず舌先で唇をこじ開けて、歯茎や唇の裏側をなぞる。それでも歯だけは食いしばって拒んだ。

駄目……駄目……駄目……。

アンジェは心の中でそう繰り返すことで、何とか理性を保とうとした。

ヘデン侯爵家が代々守ってきた領民を見捨てるなんて正気とは思えない。

そして、クリストファーにあんなことを言わせたのはアンジェ自身だと感じていた。アンジェがいなかったら、クリストファーは道ならぬ恋心を募らせたりはしなかった。

そう思うと、新たな罪深さまでもがアンジェに伸《の》し掛かってくる。

けれど、キスに慣れず呼吸を止めてしまったアンジェは今、息苦しさにも追い詰められていた。高鳴る胸が空気を求めて暴れるのに、満足に息を吸えない。苦しくて頭が朦朧としてくる。抵抗する力は弱まり、やがてアンジェは両手の拘束を外そうともがいていたことすら忘れた。

そんな有様だったから、アンジェはガウンの腰紐と、夜着の胸元を引き絞るリボンを解かれたことにも、すぐには気付かなかった。

夜着の緩んだ襟元が押し下げられ、最近少し大きくなってきた胸の膨らみに熱い手のひらを直に感じ、アンジェはびくんと震える。

けれど、拘束から解放され膝からソファの座面へと落ちた手はひどく重く、持ち上げることができない。

アンジェが歯を食いしばっていたので侵入を諦めたのか、クリストファーは不意に唇を離した。キスから解放されたアンジェは、懸命に空気を貪った。彼から逃げ出す余裕なんてなかった。

アンジェの身体はずり下がり、ソファの背もたれに頭を預けている。

焦点の合わない目をして忙しなく息をするアンジェを、クリストファーは欲望に燻《くすぶ》った目で少しの間見つめていた。息をすることに気を取られているアンジェは、彼のそんな様子に気付けない。胸の膨らみに置かれたままの大きな手のひらが、アンジェの呼吸に合わせてせり上がったり沈んだりする。

クリストファーはごくりと唾を呑み込むと、夜着の襟ぐりをさらに押し下げて二つの若い果実をランプの仄明《ほのあか》るい光の中に晒した。

胸がひやりとした夜の空気に晒されたことで、アンジェははっと我に返った。

「い……嫌……見ないで……」

恥ずかしさに震える声で懇願したアンジェの声は、彼の耳に届いていなかったのかもしれない。

「ああ……なんて美しい……」

魅入られたようにつぶやくと、クリストファーはあろうことか白くまろやかな膨らみを寄せ上げ、その片方の頂《いただき》にむしゃぶりついた。

「いやぁっ！　あっ、くぅ、ん……っ」

そこは赤ん坊に乳を与えるためのところなのに、大人である彼にしゃぶられてしまい、恥ずかしくてたまらない。

クリストファーがこんなことをする人だとは思ってもみなかった。洗練されていて男らしく、時には少し過剰なほどのスキンシップはあったものの、性的なものを感じたことは一度もなかった。

けれど今、イアンにされたいやらしいことよりもっとすごいことを、クリストファーはアンジェにしている。

不思議と嫌悪感はなかった。しかし、この行為を受け入れるわけにはいかなかった。

「駄目っ、駄目……！　お義兄様やめて……っ」

必死に懇願するも、クリストファーがやめてくれる気配はなかった。力を取り戻しつつあった両手を上げて彼の肩を押し返そうとしたものの、アンジェよりずっと力のあるクリストファーはびくともしない。

駄目なのに。二人は義兄妹であるばかりか、結婚しているわけでもない。修道院で院長先生から貞淑であることの大切さを教え込まれたアンジェにとって、結婚前にキス以上のことをするのは淫らで恥ずべき行いだった。こんなことしてはいけない、させてはいけないと思うのに、身体は別のことを訴えてくる。

クリストファーが、アンジェの乳房を交互に舐めしゃぶる。唾液にたっぷり濡らされた乳首は敏感になり、もう片方を指先でこりこりと弄《もてあそ》ばれると、両方の乳首を口で嬲《なぶ》られているような錯覚に陥る。痛いことをされているわけじゃないのにじんじんする。

彼の両手が常に双《ふた》つの乳房を寄せ上げながら揉みしだく。やわやわとした指の感触は乳首に与えられる刺激と相まって、アンジェの身体を熱く、呼吸を忙しなくしていった。

「はっ、はっ、はっ、はっ、はっ、はっ、んあっ、くぅ……んっ、はっ、はっ、んっ、んっく……っ」

切れ切れの呼吸の合間に、恥ずかしい声が漏れ始める。抑えたいと思うのだけれど、口をつぐんで声を呑み込もうとすれば、甘えたように喉が鳴る。

恥ずかしい行為を受け止め声を我慢するのに必死で、クリストファーの片方の手が胸から離れ、夜着の裾から入り込んだのに気付かなかった。ドロワーズ越しに丸みを帯びた腰を撫でられ、新たな刺激にびくっと身体を震わせる。

「や――」

拒絶の声は、彼の唇に封じられた。

アンジェがキスに気を取られたのを見計らって、彼の舌は唇の隙間から分け入るように奥へ潜り込んでくる。口内をくまなく舐められて、その甘い感触に頭がぼうっとし、何も考えられなくなった。

嬲られ続ける胸、形を確かめるように腰回りを這う手のひらからの刺激もあって、身体はどんどん熱くなってくる。その熱さはやがてもどかしい疼きとなってアンジェの下腹に集まってきた。脚の間の辺りが痛いほどにじんじんする。

どうしていいかわからず太腿をぴったり閉じてもぞもぞと動かすことで、わずかでも疼きを散らそうと努力する。

彼の手が、ぴったりと合わさった太腿と脚の付け根の辺りを擦った。

唇を少し離して彼はささやく。

「脚を開いて」

アンジェは激しく首を横に振った。

クリストファーの言葉に抗うのは拷問のようだった。いっそ彼に触ってもらいたい。脚を開いて彼の手を迎え入れ、疼いている場所に触ってもらいたい。

でも、そんな恥ずかしいまねができるわけがない。心身が引き裂かれそうな葛藤のせいで生理的な涙が溢れ、首を横に振るたびに涙の粒が宙に散る。

アンジェが泣くほど拒絶したのに、クリストファーは容赦がなかった。夜着の裾をまくり上げると、露わになった膝に手をかけて強引に開いた。そこに自分の身体を割り込ませ、脚を閉じられなくしてしまう。

脚に触れられ開かれてしまっただけでも衝撃的なのに、クリストファーはアンジェが抵抗する間もなく、ドロワーズ越しに脚の間の秘めやかな割れ目をなぞる。

　思わぬ強い刺激にアンジェの身体はびくんと跳ねた。欲しかった場所に触れられた衝撃は大きく、アンジェはこれ以上ないくらいに目を見開き、声も上げられずにはくはくと空気を求める。

　割れ目をなぞった指は、幾度もそこを往復した。そのたびにアンジェの身体は止めようもなく跳ね、押さえつけてくる彼の下で悶え身をよじった。

　そして、割れ目の中ほどの一番感じる辺りに、ドロワーズの生地ごと指をぐっと押し付けられたそのとき、アンジェは背中を仰け反らせ、四肢を強張らせてびくびくと震えた。

　何かが身体の中で弾けとんだような感覚だった。頭の中は真っ白になり、痛いほど強張った身体から力が抜けてくると、今度は今まで感じたことのない疲労感に襲われる。

　放心してぐったりとソファに身を沈めたアンジェに、クリストファーは勝利を自慢するような声音で言った。

「達《い》ったね」

「い……く……？」

　息を弾ませながら、アンジェはぼんやりと訊ねる。クリストファーは愉悦の笑みを浮かべた。

「快楽の頂点を極めたということだよ。気持ちよかっただろう？　初めてなのにこんなに感じてくれて嬉しいよ」

火照った身体から、一気に血の気が引いた思いがした。淫乱だと指摘されたような気がして、屈辱に身体が震える。どうして彼はこんなことを言ったのだろう。あんなに優しかったお義兄様が。

アンジェの目が、また涙でにじんできた。

けれどクリストファーに思い留まる気配はない。アンジェのドロワーズを留める紐を解くと、そのままお尻を持ち上げて、抵抗する隙も与えずするりと脱がせてしまう。

「お、お義兄様やめて……！」

声が出たのは、両足の先からドロワーズを抜かれたあとだった。

アンジェはこの行為自体やめたいのに、クリストファーは見当違いなことを耳元に甘くささやいてくる。

「これは恥ずかしいことじゃないよ。夫婦なら誰だってやっていることだ。――初めてのとき女性は痛いそうだけど、しっかり準備すれば痛くなることもあるらしい。だから、私にその準備をさせてくれるね？」

その低く艶やかな声にぞくんと身体を震わせたのと同時に、それはしてはいけないことだと思い出す。

男女の交わりとは、教会で結婚式を挙げた正式な夫婦だから許されることであって、結婚していない、しかも義兄妹がしていいことじゃない。

アンジェは夜着の襟ぐりを引き上げ、脚の付け根までめくれ上がっていた裾を下ろした。

「駄目……そんなことは許されない……」

急にクリストファーのことが怖くなって、アンジェの声は震えた。その怯えに気付いたのか、彼は獲物を追い詰めるような笑みを浮かべて顔を近付けてくる。

「許さないのは誰？　神は、血のつながったきょうだいが交わるのを禁じているだけで、血のつながらない私たちには当てはまらない」

「で、でも世間の人たちが……」

「そう、義理のきょうだいの結婚を禁じたのは、神の言葉を拡大解釈した人間だ。そんなものに何の意味がある？」

クリストファーは言葉で追い詰めてくる。何の意味があるかなんて、そんなこと訊かれたって知らない。でもわかっていることはある。

アンジェはソファの上でじりじりと身体を横にずらしていった。そうして逃亡の機会を見計らいながら、彼の問いに答える。

「血のつながりがなくても、きょうだいが愛し合えば世間の人たちが非難するじゃないですか……！　町中の人から非難されれば、平民だってその町で生きていけなくなる！　ましてやお義兄様は貴族です！　そのお義兄様が貴族から爪弾きにされたら、これまでの努力がすべて水の泡になってしまう！　お義兄様が今までどれだけ頑張ってこられたか知っているから、わたしはそれを無になんてしたくないんです……！」

間近で見据えられているのに、逃げられると思ったのが愚かだった。クリストファーは横へとずれていくアンジェを追いかけるように、彼女の正面に移動する。

「さっきも言ったじゃないか。そんな心配は無用だと。それより、アンジェはいいの？　私が他の女性にこんなキスをしても？」

そう言いながら、クリストファーはアンジェの頬を両手で包み唇を重ねてくる。ついばむような優しいキスから、口腔を味わい尽くす激しいものへと変わっていく。

駄目と自分に言い聞かせても、キスが甘いことに変わりはない。ふっくらとした唇に口元をついばまれ、肉厚で強靱な舌に口内を愛撫されて、頭の芯から蕩けていくような快楽をもたらされる。

そのキスが唐突に終わると、アンジェは突き放されたような心細さを感じた。息を切らしながらクリストファーを見ると、彼も息を切らしながら怒ったような目でアンジェを見つめてくる。

「こんなキスを、君ではなく他の女性にしてもいいというのか？」

その言葉の意味することに気付いて、アンジェは胸を刺し貫かれるような痛みを覚える。

クリストファーは侯爵家の当主で、跡継ぎをもうける義務がある。アンジェが妻になることを拒むのなら、他の女性と結婚しなければならない。そうすると、今アンジェがしてもらったキスを、クリストファーは結婚した女性にすることになる。

　そのことへのショックも冷め切らないうちに、クリストファーは夜着越しにアンジェの胸を掴んでくる。指をばらばらに動かしてやわやわと揉みしだきながら、彼は視線で嬲るようにアンジェを見た。

「私がこんなふうに、他の女性の身体に触っても？」

　言われていることのほうが衝撃的で、アンジェは拒むことを忘れていた。

　——こんなふうに胸を揉まれる。

　恥ずかしかったけれど、気持ちよくて、何より親密な行為だと感じた。これと同じことを、クリストファーは自分以外の女性にするのだろうか。きっとするのだろう。自分が彼の妻にならなければ。

　クリストファーの手が、夜着の襟元を引き上げているアンジェの手を夜着ごと引き下げ、胸の膨らみに直に触れてくる。

「こんなことをしながら私が相手の女性に愛してるとささやいても、君はかまわないって言うのか？」

　切なげに訴えながら、クリストファーはアンジェの胸の頂を口に含む。唾液をまぶされ舌で舐め転がされて、アンジェはたまらず仰け反った。それが、彼に胸を差し出すような体勢になっているとも気付かず。

「あっ、んんっ、ぃや……っ」

恥ずかしいけれど、変な声が出てしまう。口をついて出た拒絶の言葉は、何に対するものなのか自分でもわからない。

クリストファーも気付いているのか、胸の蕾からほんの少し唇を離して問いかけてくる。

「その〝嫌〟は『わたしにこんなことしないで』の〝嫌〟なのか、『他の女性にこんなことしないで』の〝嫌〟なのか、どっち？」

どっちも、と答えられたらどんなによかっただろう。それこそが本心だから。

アンジェはクリストファーと親密な関係になるわけにはいかない。でも他の女性と親密になってもらいたくない。

それはズルい答えだ。彼が跡継ぎをもうけなければならないとわかっているのに、誰とも親密になるなと相反する要求をしているようなものだから。それに、そんな答えで彼が納得するとは思えない。

返事がないのに焦《じ》れたのか、そもそも返事を期待していなかったのか。クリストファーはアンジェの胸の蕾を唇で挟むと、軽く引っ張りぴっと離す。

「んっあん……っ」

強めの刺激に、思わず声が出てしまう。両手で口を覆い下を見ると、苦しげなクリストファーと視線が絡み合った。

「私が別の女性のものになり、君は私じゃない男性のものになる。そんな未来を君は望んでるの？」

アンジェは泣きたくなってくしゃっと表情を歪めた。

望んでなんかいない。想像しただけで切り裂かれたかのように胸が痛むのに。ちゃんと話したのに、すべてはお義兄様のためなのに。どうしてわかってくれないの？

いつもは涼やかな表情をしている彼が、アンジェと同じようにくしゃりと表情を歪めた。

「私はそんなの我慢できない。君に結婚相手を教えてくれと言われて思い知らされたよ。君を他の男にやるくらいなら死んだほうがマシだ」

クリストファーは辛抱できない様子でアンジェの裸の胸に抱きついてきた。

「君に餓えて死にそうなんだ……お願いだ、この憐れな義兄を助けてくれ……」

「お願い待って！　待って、お義兄様……っ」

夜着の裾を再びまくり上げられそうになり、アンジェは真っ赤になって下へと引っ張る。ドロワーズと素足の膝を見られただけでも恥ずかしかったのに、今のアンジェはドロワーズすら穿いていないのだ。まくり上げられてしまったら、太腿だけでなく脚の間の恥ずかしいところまで見えてしまう。クリストファーが思いとどまってくれない限り、そこに彼を受け入れることになる。

けれどクリストファーは止まらない。

「待てない。もうずっと長いこと君を待ち続けていたんだ……」

低くかすれた、アンジェをぞくぞくさせる声でそう言いながらめくり上げるのを諦め、夜着の下から手を差し込んでくる。

自分でもあまり触れることのない太腿に彼の熱くて大きな手のひらが這うのを感じ、アンジェはぎょっとしてその手を阻もうとした。

すると、足元にひざまずくように座っていたクリストファーが、伸びあがるようにして顔を近付けてきて、慌てて顔を引いたアンジェを追いかけ唇を重ねる。

「ん……っ」

急なキスに驚いたせいか、アンジェの喉が勝手に鳴る。角度を変えながら何度も何度もついばむように唇を押し付けられ、他のことが考えられなくなる。

気付いたときには、太腿の内側にクリストファーの手が触れていた。

「——！」

キスをされているので叫ぶこともできず、アンジェは息を呑んでとっさに脚を閉じようとする。けれど膝の間に何かが挟まっていて閉じられない。それがクリストファーの膝だとわかったのは、彼がキスをやめていったん身体を離したときだった。

その次の瞬間には、彼の指が脚の間の秘めやかな割れ目に触れていた。

守ってくれるドロワーズのない、薄い下生えだけが覆うその場所に、彼の指が直に這わされる。夜着の上から彼の手を阻もうとしても、もはや手遅れだった。アンジェは彼の肩に手をかけて押しやろうとしながら、解放された唇で懇願する。

「お義兄様待ってて っ、お願いだから待っ――あっ」

クリストファーの指先に割れ目をなぞられて、アンジェは思わず声を上げる。彼は、反射的に前屈みになったアンジェの胸の膨らみを空いているほうの手で持ち上げて、先端の蕾に口をつける。先程の達した感覚に恐れをなしていたアンジェは、彼の肩を押す手に一層力を入れて訴えた。

「駄目っ、両方は駄目……！　あっ、あぁ……！　お願い、許して……！」

クリストファーは胸から唇を離して答えた。

「許してほしいのは私のほうだ。性急ですまない」

そう言ったあとの行動は速かった。アンジェの腰を掴んでソファの座面の端まで引き寄せると、膝を強引に割り開いた上に自身の肩に担ぎ上げる。

アンジェは抵抗する間もなかった。脚が持ち上がったことで夜着の裾がめくれたのに気付いて、慌てて大事なところを隠そうとする。

しかし、わずかにもたついている間にクリストファーがそこへ顔を近付けてくる。アンジェは驚き、脚をばたつかせて暴れた。

「嫌ぁ！　駄目！　駄目！　そんな、汚――」

アンジェの抵抗は、クリストファーの前には無に等しかった。割り開かれた太腿をがっちりと抱え込む腕はびくともせず、淡い下生えは彼の指によってかき分けられる。そうして露わになった場所に、彼の唇が当たった。

「あっ！　あぁ――――！」

直に触れられた感触は、ドロワーズごと指を押し付けられたときより強烈だった。

一番感じる部分についばむようなキスをされ、それから胸の蕾と同じように口に含まれ舐め転がされる。

そこに与えられる刺激は胸とは比較にならなくて、アンジェは顎を仰け反らせ、ソファの座面をかきむしり、持ち上げられたままの脚を突っ張りびくびくと身体を震わせた。

不浄の場所に口をつけられた衝撃に加え、強烈な快楽を容赦なく与えられる。そのせいで、何のためにそれをされているのかさえ、アンジェの頭の中から吹き飛んでしまっていた。

ただ、初めて知った快感に身も心も支配され、もっと気持ちよくなりたいとばかりに腰が揺れ始める。

クリストファーが両脚から腕を外しても、アンジェはそのことに気付かなかった。大きく広げ突っ張った脚を、彼の愛撫に合わせるようにびくびくと揺らす。その淫らな姿に、クリストファーがますます興奮を掻き立てられていることなど知るよしもなかった。

両手が自由に使えるようになったクリストファーが、一層激しくアンジェの秘所を攻め立てる。片手の指で割れ目を目一杯広げると、茂みの奥にあった薄い皮膚全体に熱くざらついた舌を這わせ、たっぷりの唾液をまぶした。もう一方の手はアンジェが一番感じている場所から少し下、今はきつく閉じている胎内への入り口を探る。

やがて唾液がその入り口まで垂れてくると、クリストファーはそれを指にまとわせて、入り口に少しずつ押し込めていく。それと同時に、割れ目の間で膨らみつつあった花芯に再び口付けを落とし吸い上げた。

脚の間の一番感じる部分をちゅうと吸われ、アンジェは仰け反ってあられもない声を上げた。

「ひあぁぁん！　あっ、やっ、くぅ……んっ、んっ、はっ、あっ、……」

吸われた余韻も収まらないうちに、クリストファーはまた感じる部分に唾液をまぶしながら舐め転がした。

男性を受け入れるところに、彼の指が入り込んでぐちゃぐちゃとかき混ぜる。最初に入ってきたときはひやりとしたものの、アンジェはろくな反応をできずにいた。

与えられる快楽に翻弄されて、意識は朦朧として息も絶え絶えで。

内も外も刺激され、何度も〝達く〟という感覚に押し上げられている。

アンジェはこの粘ついた水音の正体が、クリストファーの唾液だけではなく自分の中から溢れてきたものでもあることを知らない。

三本の指をくわえ込ませたまま花芯を吸い上げアンジェを絶頂に追いやったあと、クリストファーはゆっくりと指を引き抜いた。

アンジェは半ば意識を失っていて、大きく広げたままの脚をソファの下に落とし、上体は背もたれからずり落ちかけていた。自分がどんな媚態《びたい》をクリストファーの目の前に晒け出しているか意識しないまま、彼に抱き寄せられる。

それが服を脱がすためだと気付いたのは、ガウンも夜着もすっかり脱がされ、ソファに横たえられた時だった。

クリストファーはアンジェを餓《う》えた目で見据えながら、クラバットを乱暴に外しベストを脱ぎ捨て、シャツのボタンを外していく。

彼の引き締まって逞しい身体が露わになっていくのを、アンジェはぼんやりと見つめていた。今までにない疲労感のせいで、頭が上手く働かない。しなければならないことがあったはずなのに、それを思い出すこともできない。

クリストファーは革のベルトを自らの腰から引き抜いて放り投げ、アンジェに覆い被さってくる。しとどに濡れたアンジェの秘所が、指とは違う何か大きなものでかき混ぜられる。

「いくよ」

何を言われたか理解できずぼんやりクリストファーを見上げたそのとき、先程まで指で散々嬲られた場所に強い圧迫感が与えられた。それは狭い路《みち》を無理矢理こじ開けるように、徐々にアンジェの中へめり込んでいく。

そのときになって、アンジェはクリストファーの男性の部分が入り込もうとしているのだと気付き、どくんと胸を高鳴らせた。

「待って！」

苦しげに眉をひそめながら、クリストファーは妖艶な笑みを浮かべて言う。

「待たないって、言っただろ……!?　もう待てないんだ……ッ」

彼はアンジェの腰をぐっと摑み、それまで以上の力を込めて自身をアンジェの中に突き入れた。

ひどい圧迫感に続いたのは、灼《や》け付くような激しい痛み。

「――――！」

アンジェは声を上げることもできなかった。空気を求めてはくはくと唇を動かすも、ろくに息を吸うことができない。突き入れられたものに串刺しにされたかのように、背筋から脳天に向けて激痛が走る。

耐えがたい痛みに、ソファに張られた緋色の布を引き裂かんばかりに指を立て、抱え上げられた両脚は宙を搔いた。

痛みのあまり、意識が飛んでしまったのだろう。アンジェの意識は、クリストファーの呼びかけによって引き戻された。

「アンジェ……アンジェ……」

心配そうに何度も呼びながら、アンジェの頬や額などを撫でている。

アンジェはうっすら目を開き、強張った口を動かした。

「あ……わたし……」

「アンジェ、気付いたかい？　よかった……」

クリストファーは心底安堵したように深く長い息を吐く。それから、愛《いと》しげに目を細めて微笑むと、アンジェの頬をそっと包んだ。

「よく頑張ったね。全部入ったよ」

言われたとたん、下腹が訴えている痛みに意識が向いた。意識が飛ぶほどの激痛は過ぎ去り、じくじくした痛みと圧倒的な存在感がそこにあった。

クリストファーがアンジェの中にいる。愛しい人と、今一つになっている。

そのことは、喜びよりも罪悪感をアンジェにもたらした。

とうとう結ばれてしまった。結ばれてはいけない男性と。クリストファーは強引だったが、拒み切れなかった段階でアンジェも同罪だ。己の罪深さに恐れおののく。

身震いすると、クリストファーは苦しげな顔に笑みを浮かべアンジェの頬を撫でた。

「後悔してる？　──でも、もう遅いよ……ッ」

クリストファーの顔が近付いてきて、アンジェの唇を奪う。濃厚なキスに気を取られている間に、彼の手はアンジェの胸の膨らみを摑んで頂を指の腹で弄《いじ》った。

「んん……っ」

刺激を受けて、声を上げられない代わりに喉が鳴る。

アンジェは動揺していた。結ばれたからこれで終わったと思ったのに、クリストファーがまた何かしようとしているからだ。それが怖かった。

彼が動き出したことでアンジェの中と彼のものがこすれ合い、ひりつく痛みも生じていた。先程の激痛を思い出すと、身がすくむ思いがする。

アンジェの怯えに気付いているのかいないのか、クリストファーは自身をアンジェの中に収めたまま、キスと胸への愛撫を続けていた。やがて、痛みによってすっかり冷めていたアンジェの身体に快楽の火が点《とも》る。

「ん……っ」

気持ちよさから、アンジェの喉が勝手に鳴る。甘えたようなその音に恥ずかしさが込み上げてくる。

勝手といえば、アンジェの中も勝手に動くようになっていた。彼のものに絡みつこうとしているようなその動きにもまた恥ずかしい思いをする。

痛みはいつの間にか和らいでいた。それに気付いたのか、クリストファーは少しずつ腰を動かし始めた。自身をアンジェの中から少し引き出してはまた入ってくる。

痛みを覚悟したのに、意外にも感じたのは甘い疼きともどかしさだった。

痛みはまだある。けれど、気持ちよさのほうが勝《まさ》って、もっと動いてほしいと思ってしまう。そんなこと決して口には出せないが、身体のほうは正直だった。中がぐっと締まり、より快楽を得ようと彼のものにからみつく。

それにクリストファーが気付かないわけがなく、キスを止めて、アンジェの顔のすぐ上で嬉しそうに笑った。

「大丈夫そうだね。じゃあもうちょっと動くよ」

クリストファーがさっきよりも腰を引いて、すぐにまた深く入り込んでくる。彼の先端の大きな部分に内壁を強くこすられるけれど、やはり痛みより快楽のほうが大きかった。

「んっあんっ」

キスが終わってしまったために、またもや変な声が出てしまう。恥ずかしくて両手で口を押さえようとすると、その手をクリストファーに摑まれた。

「声を抑えようとしないで。もっと可愛い声を聞かせて」

可愛いと言われ、頬がじんわり熱くなる。クリストファーは唇の端を上げると、また腰を進めてきた。

「あっ……あっ……」

奥を突かれるたびに甘えた声が出る。まるで、気持ちいいからもっとしてとねだっているようで消え入ってしまいたくなる。

クリストファーの視線から逃れたくて目元を腕で覆うと、胸の先端をまた彼の口に含まれた。

「やっ！　あぁ……！」

胸と中を同時に刺激され、身体の奥底で燻っていた快楽がぶわっと膨らむ。

アンジェはたまらず、クリストファーの下で身もだえた。ソファを引っかき、大きく広げられたまま投げ出されていた両脚に力がこもる。

「あっ、あんっ、んっ、ふぁ……っ、あっ、はぁ……ん」

声が止まらない。無意識に片手の甲で口元を覆っていたけれど、声を抑える助けにはならない。

身体の奥底から何かがじゅっとにじみ出た気がしたかと思うと、出入りする彼のものの動きが滑らかになっていく。そのせいか、中に与えられる刺激に一層快楽を覚え、痛みは遠退いていった。

クリストファーの動きはより速く、より大きくなっていき、アンジェの中から溢れ出した何かが彼のものにかき混ぜられてぐじゅぐじゅと卑猥な音を立てる。恥ずかしくてたまらなくて、身体はどんどん熱くなる。

　どうにかなってしまいそう――そう思ったとき、クリストファーがアンジェの耳元にささやいた。

「アンジェ、一緒に達《い》こう――」

　その声が快楽のつぶてとなって身体の中心へ走り抜けるのと同時に、彼の指が花芯を摘み、アンジェは再び宙に放り出されるような快楽に包まれる。

「ああっ！　あぁあぁぁ――！」

　強烈な快楽にもみくちゃにされながらも、アンジェはクリストファーが小さくうめき、同時に自分の中にいる彼の雄の部分がびくびく震えたことに気が付く。

　自分の体温より熱い飛沫が染み広がっていくのを感じながら、本当に結ばれるとはこういうことなのかと思った。

第六章

アンジェが疲れ果てて寝入った後、クリストファーは服を着直し書斎から出た。隣にある自室からアンジェの身を清めるものを運ぶためだったが、廊下にいつもはないワゴンが置いてあるのを見て、感心した笑みを浮かべる。長年屋敷にいる家令か家政婦だろうが、手懐けた甲斐があったというものだ。

ワゴンを書斎の中に運び込むと、洗面器に温かい湯を張って布を絞り、アンジェの身体を拭き清めた。全身を汗ばませ、しどけなくソファに横たわる姿に、再び欲望が頭をもたげてくるのを感じたが、クリストファーは次の計画を考えることでそれを抑え込んだ。

最大の難関を超えたからといって、油断すればいつどんなことが起きて失敗につながるかわからない。

実際、予想外なことの連続だ。アンジェがあんなことを言い出すなんて。

——お義兄様が選んだ男性のところへ嫁ぎます。

それを聞いたとき、クリストファーは燃え上がる嫉妬を抑え込んだ。アンジェを他の男のもとへ嫁がせるなんてとんでもない。何のために今まで入念に計画を立て実行に移してきたと思うのか。

あの家庭教師は何様のつもりだ。クリストファーの行動を好き勝手に解釈して、アンジェに吹き込むとは。

だが、結果は上々だ。あの家庭教師は最後までいい仕事をしてくれた。

その直前までアンジェが自分に対し距離を置こうとしているのは感じていた。だが家庭教師の言った言葉がその膠着した距離を壊し、一気に二人の関係を押し進め晴れて結ばれることができた。

腹立たしいことも多かったが、あとは次の仕事を世話すれば終わりだ。幼い令嬢のいる家を紹介すれば、数年間は社交界で見かけることもなくなる。文句を言わせず厄介払いができてちょうどいい。

全身を拭くため身体を抱き起こしても、アンジェは目を覚まさなかった。最後につながり合った部分を拭うと、布が純潔の証で薄く染まるのがわかって高揚する。

拭き清めたアンジェにワゴンに用意されていた夜着とドロワーズを着せ、クリストファーは自分の寝台に運んだ。そっと横たえ上掛けをかけてやると、寝台の端に腰掛けてアンジェを見つめる。

目を覚まさないのをいいことに、クリストファーは彼女の頬を撫でささやいた。

「あともう少しで完全に私のものになる。待っておいで、私の小鳥」

その顔には昏《くら》い笑みが浮かんでいた。

＊　＊　＊

何かの物音が聞こえ、アンジェの意識は眠りから引き上げられた。

「ん……」

寝返りを打ち、あと少しと思いながらまどろみを求めようとする。が、寝返りの際に異変に気付いた。身体が変に痛い。特に下腹や脚の付け根辺りが。

何故なのかと記憶をたどり始めてすぐ、脳裏に昨夜の出来事がどっと蘇《よみがえ》る。

両想いだと知った喜び、だからといって結ばれるわけにはいかないと気付いた悲しみ、今まで見たことのないクリストファーの一面に怖れを抱いたこと。それでも彼が好きなことに変わりなかったこと。そして――。

アンジェは、顔だけでなく身体中が熱くなるのを感じた。

わたし、お義兄様と……！

何度も乞われ、とうとう受け入れてしまった。後悔や先々への不安はあるけれど、受け入れてしまったからには、どんな試練が待ち受けようと想いを貫くしかない。けれどその試練は、愛する人に女として愛される幸せの前では霞《かす》んで見えるようだった。

アンジェに触れる熱い手。意外に柔らかかった唇。アンジェを貫く痛みと快楽、そして幸福感を与えてくれた逞しいもの。

それらを思い出してしまい、アンジェは恥ずかしくて上掛けの中で身もだえる。すると、不意に低くて響きのよい声が聞こえてきた。

「アンジェ？　起きたのかい？」

アンジェは驚いて飛び起きる。

「おっお義兄様！　どうしてここに!?」

「どうしてって……ここは私の寝室だよ？」

言われてみて気付いたが、ここはアンジェの寝室ではない。アンジェの寝室より広ければベッドも大きく、何よりベッドに天蓋がなかった。深紅に濃紺の文様が入った壁。つやが出るよう磨かれた焦げ茶色の重厚な家具類。

アンジェはさあっと青ざめた。アンジェがクリストファーの寝室で眠ったと知ったら、屋敷のみんなはどう思うだろう。しかも、厚いカーテンの隙間から差し込むのは明るい光。みんなとっくに起きていて、アンジェが自分の部屋にいないことにも気付いているに違いない。

「ど、どうしよう……」

頬に手を当ておろおろしていると、クリストファーが近付いてきて、アンジェの傍らに腰掛けた。

「何か心配事でも？」

彼はどうしてこうも平気でいられるのだろう。そのせいか、アンジェはよけい焦ってしまう。

「だって、わたしがお義兄様の部屋で寝てたって知られたら、屋敷のみんながどう思うか……。サンドラさんには、きっとお説教だけでは済ませてもらえないわ……！」

お説教以上に怖いことなんて思いつかないけれど、わからないからこそ怖くて冷汗が出る思いがする。

寝台の上で固まっているアンジェに、クリストファーは何でもない口ぶりで伝えた。

「パークス女史なら、朝早くに出ていったよ」

「え!? どうして……」

サンドラのことは苦手だけれど、彼女はアンジェの家庭教師で、貴族の女性として大事なことをたくさん教えてくれた。出ていってほしかったわけじゃない。

驚くアンジェに、クリストファーはいつもの穏やかな口調で言った。

「彼女の役目は終わったから辞めてもらっただけだよ。――アンジェ、君の教育はもう終わっている。パークス女史には君の付き添いも頼んでいたから残ってもらっていたが、近々結婚する君にはもう必要ない。これからは婚約者である私の役目だからね」

魅惑的な笑みを向けられてアンジェは胸を高鳴らせたが、それも一瞬だった。聞き捨てならない言葉を耳にし、どぎまぎしている場合ではなかったからだ。

「お義兄様、婚約って……？　それに近々結婚ってどういうこと？」

困惑して訊ねると、クリストファーは意外そうに片眉を上げる。

「私たちは急いで結婚しなくてはならない。婚約発表は数日後になるが、私たちはすでに婚約したも同然だ――わかるよね？」

クリストファーが何を仄めかしているかに気付き、アンジェは気恥ずかしくて頬を赤らめる。そんなアンジェをからかうように、クリストファーはアンジェの腹部に手を当てて魅力的な低い声でささやいた。

「ここにもう、私たちの愛の結晶が宿っているかもしれない」

改めて言葉にされると、アンジェの心臓は大きく跳ね上がった。昨夜はもっとすごいことをされたのに、今のほうがもっとずっと親密な気分になる。

愛の結晶……いろんなことに気を取られていて失念していたが、アンジェたちは確かに子どもをつくる行いをしたのだ。

自覚したとたん、頬はますます熱くなった。きっと顔中真っ赤だろう。そんな顔を見られるのも恥ずかしくてうつむいていると、クリストファーはアンジェの耳元に唇を寄せて言った。

「昨日は、初めてなのに無茶をさせてすまない。身体のほうは大丈夫？」

恥ずかしさを上乗せされて、アンジェの頭は沸騰しそうになる。答えられないばかりか両手で顔を覆ってしまうと、クリストファーは思案げにつぶやいた。

「私が直接確かめたほうがいいかな……」

彼のつぶやきを理解し切れないうちに、上掛けをはぎとられ寝台に押し倒されてしまう。動揺してろくな抵抗もできないうちに、クリストファーは片手でアンジェの両膝の裏に手をかけ、両脚が上体にくっつきそうになるほど折り曲げてしまった。夜着の裾が大きくめくれ、ドロワーズが露わになる。そんな恥ずかしい恰好をさせられたばかりか、彼はあろうことかアンジェの脚の間に触れてくる。

「きゃ……っ」

思わず悲鳴を上げたアンジェが感じたのは、入り口の部分のひりつく感じと、ドロワーズ越しとはとても思えないクリストファーの生々しい指の感触だった。

アンジェはショックで動けなくなった。またもやクリストファーに恥ずかしい部分を晒してしまっている。しかもランプの明かり一つの薄暗い書斎ではなく、厚いカーテンが引いてあるとはいえ、その隙間から差し込む朝日に照らされた寝室の中で。

アンジェの焦りを知ってか知らでか、クリストファーはつぶやく。

「痛むのかな？」

秘所に顔を近付けてくる気配を感じて、アンジェは精一杯両腕を伸ばし、そこを隠そうと手を交差させた。

「ままま待って待って！　お、お義兄様、今何をしようと……!?」

真っ赤になって訊ねるアンジェに、クリストファーは色っぽい笑みで答える。

「何って、君のここを舐めて癒やしてあげようと思っただけだよ？　で、どうして隠すの？」

ちょっぴり不満げな声に、アンジェの気は動転する。

「だ、だって……そこは普通、他人《ひと》に触らせるようなところじゃ……」

「アンジェ、私は君にとって他人《たにん》かい？」

確かに、クリストファーは他人じゃない。義兄であり、昨夜結ばれた男性でもある。でもそんなふうに揚げ足を取るのはズルい。

そう思いながらも、アンジェは正直に首を横に振る。クリストファーはすまなそうに微笑み、アンジェの頬をそっと撫でた。

「ごめん。意地悪なことを言ってしまったね。――でもね、アンジェ。結婚するというのは、私とこういうことをするという意味だよ？」

アンジェはぞくんと身を震わせる。その拍子に、中から何かが溢れたような感触がしてうろたえる。クリストファーは再び秘所に手を伸ばし、入り口を指先で弄った。するとと今度はその指先が何かで滑り、痛みではないものを感じた。

「ん……っ」

アンジェはとっさに声をこらえて喉を鳴らす。そんな義妹を、欲望をたたえた目で見つめながら、クリストファーは楽しそうな口調で言った。

「さっきより痛くなさそうだけれど、念のためやっぱり舐めて癒やしてあげよう。昨夜はもっと優しくしてあげるつもりだったんだけれど、歯止めがきかなくてね……」

クリストファーはそう言ってまた秘所に顔を近付けようとするので、アンジェは慌てて声を上げた。

「で、でもこういうことは、きょ、教会で結婚式を挙げてからするものなのでは……！」

脚を持ち上げられ秘所を手で隠しながら話すことではないと思うのだけれど、両手がふさがっているため逃げるに逃げられない。

滑稽な状況になっていることをわかってくれてもいいだろうに、クリストファーはまったく意に介した様子もなく話を続ける。

「婚約した二人については、その限りではないよ。愛し合う二人が情熱に負けて、結婚式前に結ばれることは往々にしてあることだ。その結果子どもができると、結婚式と子どもの誕生日の計算が合わなくなる。だが、二人はすでに結婚しているからと、周囲の人間は追及せずに祝福するのさ。君のお父上とお母上もそんな情熱に駆られたからこそ、君が生まれたんだ」

　以前クリストファーから聞いた話からすると、確かにそうだ。

　呆然とするアンジェに、クリストファーは優しく言う。

「だから、これは悪いことじゃない。ヘデン侯爵家に跡継ぎができることを、多くの人が待ち望んでいるんだ。屋敷の者たちも急ぎ結婚式の準備に取り掛かっている。日取りはまだ決まっていないが、貴族の結婚は何かとやることが多いからね」

　そう言いながら、クリストファーはアンジェの手をやすやすと除《の》け、とうとう秘所に口をつけた。

「あっ、やっ、ま、待って……っ」

　入り口をぐるりと舐められ、アンジェは羞恥に顔を真っ赤にしながらおかしな声を上げてしまう。

　クリストファーの指が柔毛をかき分け割れ目を開き、無防備になった場所に舌が這わされる。唇に覆われ唾液をたっぷりまぶされて舐め転がされれば、それだけでアンジェの身体は快楽に支配された。

「あぁ……っ、んっ、ふっ、はぁ……んっ、あっ、やっ、……」

とめどなく流れる自分の声に羞恥をあおられ、その羞恥がアンジェの身体をより敏感にする。クリストファーにされているということもまた、羞恥の理由だった。

彼の美しく端整な顔が、アンジェの秘所に埋められて、いやらしくそこを舐めすすっている。

どんな表情をしてそんなことをしているのだろう。気にはなるけど、知りたくないとも思う。知ってしまったら、恥ずかしくて彼の顔をまともに見られなくなるかもしれない。

その場所をしつこく愛撫されているうちに、アンジェの息は上がり、身体から力が入らなくなってくる。

柔らかくも強靭な舌先が狭き路《みち》をこじ開けようとしても、アンジェにそれを拒むすべはなかった。入り口を抉《えぐ》るように押し付けられる舌先が、アンジェに新たな快楽をもたらす。身体の奥底で何かがじわっと生まれ、彼の舌に誘い出されるように溢れてくるのを感じる。

秘所から顔を離した彼が、愉悦を含んだ声音で言った。

「これは昨夜の残滓《ざんし》かな？　それとも今分泌されたものだろうか」

アンジェには意味がわからなかったけれど、きっといやらしい話なのだろう。恥ずかしさに耐えかねて目をきつく閉じ、枕に顔を埋めるかのように顔を背ける。

口を離したとき、クリストファーは代わりに指をアンジェの中に沈めてきた。

　舌よりも奥に触れてくる指は、奥から出てきたものをさらにかき出すようにして、狭い路《みち》をぬるぬるにしていく。アンジェの中は二本目の指も、三本目もたやすく呑み込み、それが出し入れされるたびにぐじゅぐじゅと淫靡な音を立てた。

「痛みはもうなさそうだね。それじゃ一度達《い》っておこうか」

　快楽に意識が霞んでいたアンジェは、その一言でわずかに正気付く。

「ま……待って、お義兄様――」

「〝お義兄様〟ではいけないよ。これからは名前を呼んでくれなくては」

　アンジェの言葉を無視して、クリストファーは三本の指を根元まで沈め、親指でたっぷりと濡れた花芯を押す。

　強い刺激を与えられた瞬間、高まりに高まっていたアンジェの身体は天高く放り投げられたかのような衝撃を受けた。

「あぁ――っ！」

　瞼の裏がちかちかし、全身に強い力が入る。背中と顎を仰け反らせ、シーツをきつく摑んで、高く上げられた脚を魚が跳ねるようにびくびくと震わせた。

　絶頂の波が過ぎると、アンジェは自己嫌悪に陥る。

　クリストファーを止めようとしながら、こうして快楽に溺れてしまう。余韻で頭がろくに働かず、弛緩《しかん》した身体には力が入らない。

「君を癒やしてあげるだけのつもりだったんだが……すまない、我慢できそうにない」

昨夜と同じく、アンジェはクリストファーが服を脱ぐのをぼんやりと見ているしかなかった。クリストファーはベッドの際に立ち、クラバット、上着、ベスト、シャツを手早く床に落としていく。

腰からベルトが引き抜かれズボンのボタンに手がかかったそのとき、アンジェは慌てて顔を背けた。男性が裸になるところを見つめてしまったなんて、恥ずかしくて消え入りたくなる。

それ以前に、なんという姿を彼の前に晒してしまっているのか。夜着は腰までめくれ上がり、両脚を大きく広げたまま投げ出している。

のろのろと手を動かし夜着を引き下げ、重たい脚を閉じようとしていると、ベッドが小さな音を立てて揺れ、両脚を掴まれてさらに広げられた。

はっとして見上げれば、逞しい裸身を晒したクリストファーがアンジェの脚の間に腰を落とし、濡れそぼった入り口に指より太いものの先端をこすりつけてくる。

そして、入り口にピタリと先端を合わせ、低く艶のある声でささやく。

「そろそろ私を受け入れて」

すでに一度受け入れているのだから二度受け入れるのも同じ、とは考えられなかった。本当に結婚できるとは限らないのだから、これ以上結ばれていいわけがない。

アンジェは億劫な唇を動かして、かすれた声でクリストファーに訴えようとする。

「お義兄様……待っ――んぅ……っ」

クリストファーのものが、強い圧迫感を伴ってアンジェの中に入り込んでくる。

昨夜のような痛みに襲われるのではと恐れていたのだが、実際はしみるような痛みが少々あっただけだった。それよりも、圧迫感のほうが大きい。それと、ずっしりとした質感のあるものがアンジェの中をこじ開けながら、内壁に強くこすれる感触も大きい。

愛する人と再び一つになるのだという実感が湧いてきて胸が締め付けられる。結ばれてはいけない人と結ばれた奇跡に、畏怖に近い感動が湧き上がってくる。

アンジェの中に自身をすべておさめたクリストファーは、アンジェの顔を覗き込んで言った。

「痛みはなさそうだね？」

恥ずかしいことを言われたような気がして、アンジェは顔を赤らめる。

クリストファーは小さく笑うと、ゆるゆると腰を動かし始めた。出し入れするのではなく、アンジェに腰を押し付けて中を探るように回す。

やがて、彼の先端がアンジェの中の何かをかすめた。

「あっ」

アンジェは声を上げ、身体をびくんと震わせてしまう。

「ここかな……」

クリストファーはすぐその場所を探り当て、何度もそこを突いてくる。

「あっ、ぃやっ、そこ……っ」

たまらない快感に襲われ、アンジェは首を左右に振ってその感覚から逃れようとする。

「嫌じゃなくて、ここは〝いいところ〟だよ。いっぱい突いてあげるから気持ちよくなって」

「やぁ！　あっ、ああっ」

キスもされていない、胸にも触られていないのに、彼を受け入れている部分だけで気持ちよくなってしまうなんて。自分の身体がいやらしくなってしまったような気がして恥ずかしい。

「すまないッ、もう……！」

切羽詰まったクリストファーの声がしたかと思うと、しとどに濡れた花芯をきゅっと摘まれる。それだけで、アンジェはあっけなく達《い》ってしまう。

快楽を搾り取ろうとするかのように彼のものに絡みつく中に、クリストファーは熱い飛沫を放つ。

彼の熱が身体の奥深くで広がっていくのを感じながら、アンジェの意識はまた遠退いていった。

それからの二日間、アンジェはクリストファーの部屋から一歩も出ることなく、起きている間はほとんど彼に愛されていた。

ヘッドボードに立てかけられた大きくてふかふかな枕に身を沈め、半ば身体を起こした状態でクリストファーとつながる。クリストファーはアンジェの胸を寄せ上げて、色づいた先端を指でこりこりと弄った。

アンジェは息も絶え絶えに懇願した。

「お義兄《にい》──クリストファー様……もう許して……」

「また〝お義兄様〟と呼びそうになったね。私はもう君の義兄《あに》じゃないよ。婚約者であり、近々夫となる男だ。いつになったら覚えてくれるんだい？」

そう言いながら、クリストファーはつながった場所からしみ出したものをまとわせた指で、アンジェの脚の間にある快楽の芽をくりっとつまむ。強めの刺激を受けて、高まっていた彼女の身体はあっけなく達してしまう。

「あぁっ！」

背中をしならせ、大きく広げられた足先は滑らかなシーツを掻く。クリストファーを止めたくて伸ばしたはずの手は彼の両腕を摑み、指先が食い込みそうなほどに力を入れて絶頂の波を耐えしのぐ。アンジェの中はより一層の快楽を得ようとして、未だ中にいる彼のものを揉みしだくようにうねっていた。

何度目かわからない情交のあとも、クリストファーはアンジェの中から出ていこうとせず、それからずっとつながり続けている。キスをしたり胸の膨らみを揉んだり、首筋や手足を舌でなぞったりする。

それらの刺激にびくびくと震えるアンジェの中で、彼のものは次第に力を取り戻す。硬く張り詰めると、クリストファーはアンジェを組み敷いて腰を振り、たっぷりと濡れた蜜壺の奥を何度も突き上げ精を放つのだった。

大きく広げられた脚の間に彼の腰があり、アンジェの淡い下生えを割り開いたその奥に、赤黒い肉塊が見え隠れする。

この体勢を取らされたときにクリストファーに下を見るように言われ、アンジェは二人がつながっているところを見てしまった。すぐに目を逸らしたけれどその卑猥な光景は脳裏に焼き付き、アンジェの官能を刺激する。

あんないやらしいものを見て感じてしまうなんてどうかしている。そんな自分をクリストファーに知られたくない。気付かれていたとしても、気付かないふりをしてほしい。

そう願っていたのに、彼はアンジェの羞恥をあおるように、意地悪な言葉をかけてくる。

「アンジェ、我慢しないで見てごらんよ」

「が、我慢してなんか……」

動揺して言葉を詰まらせるアンジェに、クリストファーは空惚《そらとぼ》けたように言う。

「そう？　さっき見たとき、君の中が気持ちよさそうに締まったと思うんだけれど」

「クリス――っ！」

怒った声を上げる際に胎内にも力が入ってしまい、予期せず得た快感に息を呑む。それと同時に、クリストファーのものも大きく硬くなった。

うろたえるアンジェに愉悦の笑みを向けながら、クリストファーは色気のあるかすれた声で言う。

「〝クリス〟か。いいね、それ。これからは私のことをそう呼んでほしい」

「ク……クリス様？」

クリストファーは首を横に振った。

「〝様〟も要らない。さあ呼んで〝クリス〟って」

「そんな……」

二ヶ月と少し前まで雲の上の人だったのに、なれなれしく愛称で呼ぶことなんてできない。

ためらって名前を呼べずにいると、クリストファーが機嫌の悪そうな半目になった。

「呼んでくれるまで、延々とこれを続けようかな？」

冗談じゃない。こんなことを続けられたら気が変になる。

「お義兄様のイジワル！」

文句を言ってからはっとするが、もう遅い。クリストファーはにやりと笑って言った。

「また〝お義兄様〟って呼んだね。これはお仕置きだな。——だが、私がそろそろ限界だ。お仕置きはそのあとにさせてくれ」

言うが早いか、クリストファーはアンジェの両脚を腕に掛けて上半身を倒してくる。アンジェは脚を大きく広げたまま身体を折り畳まれてしまった。

「やっ、待って——あっ、あぁ……！」

アンジェの制止の言葉も聞かずに、クリストファーは腰を振り始める。脚を抱え上げられたせいで少し浮き上がったアンジェの腰は、彼の動きに合わせて揺れた。

「気持ちいいかい？　私のもので中をこすられて気持ちいいかい？」

クリストファーはアンジェを攻め立てながら訊ねてくる。

「や……！　そんなこと訊かないでっ」

「君の様子を見ていれば、訊くまでもないかな。——そろそろ達《い》こう、一緒に」

「あぁぁ……！」

感じる部分を彼のものに突かれ、快楽の芽を刺激されながら、アンジェはまた高みへと上り詰めていった。

それから「クリス」と呼べるようになるまで何度もお仕置きされ、ようやく解放された。散々貪られて力の入らない身体をベッドに横たえ、アンジェは裸身を隠すこともできないまま、空気を求めて喘《あえ》ぐ。

「昼間からこんなことをして……みんなに何て思われるか……」

アンジェの言うみんなとは、屋敷の使用人たちのことだ。

クリストファーの部屋にこもってから、アンジェは彼らの姿を一度も見ていない。隣の部屋から家令がクリストファーに報告をする声が聞こえてくるのを耳にする程度だ。

クリストファーが彼らをアンジェから遠ざけているのか、それとも彼らがアンジェに近付きたくないと思っているのか。……両方か、あるいは後者なのだろう。

そう思うとアンジェの気は沈む。

ガウンの袖に腕を通したクリストファーが、アンジェの顔を覗き込んで言った。

「気にすることはない。君は私に愛されていればいいんだよ」

クリストファーの唇が、アンジェの唇に重なってくる。アンジェが薄く唇を開けば、クリストファーの舌が忍び込んできて、アンジェの口腔を味わい尽くした。

キスは気持ちいいと素直に思える。クリストファーにキスされると、心配事も不安も溶けるように消えていく。

キスを止めると、忙しなく息を吸うアンジェにクリストファーは言った。

「明日の午後から、しばらくお別れだ。君は母方の伯父上の養女になるためにチェイニー伯爵の屋敷に移り住み、そこから私に嫁いでくる。養女になることと私との婚約は、ひとまず直接付き合いのある貴族にだけ手紙で同時に発表する。そこからが私たちの試練の始まりだ。私たちの未来のためにも、ここにもういるかもしれない私たちの子のためにも、頑張ってくれるね？」

「はい」

クリストファーがいてくれれば、どんなことでも乗り越えられる。この時はそう思っていた。


翌日の午後、アンジェはクリストファーに伴われて母ジェシカの実家であるチェイニー伯爵の屋敷へ向かった。

その屋敷は貴族の屋敷が立ち並ぶ王都の一角の外れにあり、建物も庭もヘデン侯爵の屋敷のものよりこぢんまりとしていた。アンジェが生まれ育った修道院と同じくらいだから落ち着くことができる。

馬車が入れるだけの敷地がないので、路上で馬車を降りる。すると使用人が出てきて、ささやかながらもよく手入れされた庭先から玄関へと案内してくれた。

チェイニー伯爵カーク・ノーランとその妻エマとは、社交の場ですでに何度か会っている。初対面の時は、カークが「妹にそっくりだ」と言って涙ぐみ、エマが彼の腕に手を添えて労わるという場面もあった。

髪に白いものの交じる、穏やかな顔立ちをした二人は、玄関ホールで出迎えてくれた。挨拶をした後、嬉しそうな顔をしてアンジェに話しかけてきた。

「やあ、よく来てくれた。前回夜会で会ったときより顔色がよさそうだ」

「本当、よかったわ。それにとても幸せそうね」

前回会ったときはクリストファーへの恋に苦しんでいたので、顔色が悪かったことも心配をかけていたことにも気付かなかった。

「ご……ご心配をおかけしまして……」

アンジェは恐縮しながら返事をする。カークが笑ってアンジェの肩を叩いた。

「いいんだよ。――クリストファー様、立ち話はここまでにして応接室にご案内しましょう」

チェイニー伯爵夫妻がアンジェを養女に迎え、クリストファーのもとへ嫁がせてくれると聞いてはいたが、クリストファーと結婚することについてはどう思われているかわからなくて不安だった。

実際に会って温かく迎えられ、アンジェはほっとして肩の力を抜く。

応接室でお茶を囲みながら歓談をし、一時間ほどでクリストファーは帰っていった。

アンジェが用意してもらった部屋は二階にあり、居室と寝室がつながった部屋はヘデン侯爵の屋敷でもらった部屋よりこぢんまりとしていて、居心地がよかった。

一休みしてから夕食のために着替え部屋を出る。一階に下りて食事室に行くと、先に来ていた養父母が、席を立ってにこやかに迎えてくれた。

席に着くとすぐ、夕食が運ばれてくる。とろりとしたスープにふかふかなパン。野菜と一緒に煮込まれた鶏肉《とりにく》。キッシュとデザートにプディングと果物が少々。ヘデン侯爵の屋敷よりはささやかな量の食事が並ぶ。

義父になったばかりのカークが、申し訳なさそうに微笑んで言った。

「ヘデン侯爵家の夕食ほど豪華でなくてすまないね」

「とんでもないです。美味しいです」

修道院の食事はもっと少量だったし、残さず食べなさいと言われて育ったアンジェは、品数も量も少ないほうがほっとする。

アンジェの返事を聞いて、カークもエマもほっとした様子だった。

おしゃべりをしながら楽しく食事をしている途中で、アンジェはずっと気になっていたことをさりげなく訊ねてみた。

「あの……ケイリー様はどちらにいらっしゃるんでしょう？　ご挨拶できたらと思うので

すが……」

ケイリーとは、夫婦の一人息子でチェイニー伯爵家の跡取りだ。ちょっと真面目な雰囲気のある好青年で、社交の場で挨拶をしたときアンジェを「従妹殿《いとこどの》」と呼んで好意的に接してくれた。

一緒に暮らしていると思ったのに、一向に姿が見えない。夕食の席も三つだけで、話題にも出てこない。

しかし、うろたえた二人を見てアンジェは察した。

「こんなめでたいときにすまないが、息子は急用があって数日家を空けていてね」

「え、ええ、そうなの。ごめんなさいね」

つまり、この家でアンジェが彼に会うことはないのだろう。

二人の取り繕ったような笑みに気付かなかったふりをして、アンジェは微笑みを返す。

「わたしのほうこそ、タイミングの悪いときに申し訳ありません」

その後は当たり障りのない会話をして、先程の和やかさを取り戻した。

そろそろ夕食が終わるころのことだった。遠くから騒ぎが聞こえて、食事室の扉が乱暴に開かれる。アンジェは現れたケイリーを見て一瞬胸を弾ませたが、すぐそれが間違いだとわかった。

父親譲りの穏やかな顔を、今の彼は憎々しげに歪めていた。

「これはこれは従妹殿。いや、義妹と呼ぶべきかな？　家名に泥を塗ってくれるそうでありがとう」

「ケイリー！」

養父母がいさめようと立ち上がるけれど、ケイリーは二人に向かって嘲《あざけ》るように言った。

「父上も母上も、多額の援助に目が眩《くら》んで穢《けが》れた関係に協力することにしたみたいですが、その援助は家名についた泥をすすぐのにも役立ちますか？　立たないでしょう」

初めて聞いたその話は、アンジェの胸を刺し貫いた。

養父母が歓迎し温かく迎え入れてくれたのは、お金のため……？

カークは腹に据えかねたのか、顔を真っ赤にして怒鳴った。

「出ていけ！」

「ええ、ええ、出ていきますよ。忘れ物があったので取りに戻っただけです。もう二度と、この屋敷には来ませんよ。頼まれたってこんな家の跡なんか継ぐもんか！」

騒ぎの間中、アンジェは一言も口を利けなかった。

多額の援助と引き替えに穢れた関係に協力……だから、クリストファー様との仲を喜んでくれたの？

アンジェの疑いに気付いたのだろう。使用人に息子を追い払わせた養父母は、アンジェのほうを向いてすまなそうな笑みを浮かべた。

「疑いたくなるのももっともだ。何故君たちに協力するのか、本当のことを話すよ」

そう言って連れていかれたのは、夫婦の居室だった。座り心地のよさそうなソファを勧められ、おずおずと腰掛ける。カークが戸棚から瓶を取り出し振り返った。

「お酒を飲むかい？」

「……それでは少しだけ」

アンジェはお酒が苦手だが、カークが飲みたそうな顔をしていたので付き合うことにした。グラスにほんの少し注いでもらい、申し訳程度に口を付ける。

カークは対面のソファに座ると、隣に座るエマにも少し注いだグラスを渡した。自分のグラスにはなみなみと注ぎ、それを半分ほど飲んでから話を始める。

「クリストファー様から、だいたいの事情を聞いているだろうか？」

「はい」

「同じ話を聞かせてしまって悪いが、順を追って話させてもらうよ。――ジェシカと君の父親のスコット・オーブリーは、親が決めた婚約者同士だったが、昔から仲睦まじく、幸せな結婚生活が待っているはずだった。だが、結婚を一年後に控えたある日、ジェシカを見初めた前ヘデン侯爵のハーディン様が、ジェシカにプロポーズしたんだ。ハーディン様は二十歳近く歳が離れている上、ジェシカには愛する婚約者がいる。ジェシカは丁重に断ったが、ハーディン様は諦めなかった。熱烈なアプローチを繰り返し、ついには私の父にジェシカと結婚したいと申し入れた」

アンジェは動揺して身じろぎしそうになったのを、すんでのところでこらえた。顔色には出てしまっただろうが、カークもエマもうつむいているため、気付いていないようだ。

先程ケイリーから聞かされた話より衝撃的だった。

前ヘデン侯爵は、亡き婚約者の子を妊娠して困っていた母を助けてくれようとしただけではなかったの？

動揺を押し隠すアンジェに、カークは悔恨のにじむ声で話を続けた。

「私の――私とジェシカの父は、ジェシカの婚約を破棄し、ハーディン様と結婚させようとした。ジェシカはそれを拒み私に助けを求めたが、気の弱い私は横暴な父に逆らえず、妹の味方になって父と言い争うことができなかった。私は当てにならないと見切りをつけたのだろう。ジェシカはスコットのもとへ逃げ、仲を引き裂かれたくなかった二人は婚前交渉に至った。それを知った私の父は激怒したが、ハーディン様の申し入れは断った。他の男の手がついた娘を、ハーディン様に差し出すわけにはいかないと怒鳴っていたよ。

……そうして、予定通り二人の結婚式が行われようとしていた矢先のことだった。スコットが不慮の事故死を遂げたんだ。彼の父親であるランドール伯爵の領地には上質な琥珀の取れる地層があり、そこを視察している最中に足を滑らせて地面の裂け目に落ちてしまった。――そのブローチは、彼が採掘地で見つけてブローチに加工し、妹に贈ったものだ」

アンジェは胸元のブローチを見た。父と母の形見のブローチ。サンドラにふさわしくないと言われて社交の場には着けていけなかったけれど、普段はずっと身に着けている。

カークは懐かしむように目を細めた。

「ジェシカはそのブローチをとても喜んで、いつでも身に着けていたよ。娘の君が受け継いでそうして愛用してくれていることを、ジェシカは――ジェシカもスコットも喜んでくれていると思うよ」

両親に訊ねることはできないけれど、きっとそうだろう。二人が喜んでくれるのならば、アンジェも嬉しい。

一息つくと、カークは話を戻した。

「婚約者と関係を持ち、その婚約者に死なれてしまったジェシカは、嫁ぎ先を失った。そんなときに、ハーディン様はまたもジェシカとの結婚を申し入れてきた。婚前交渉があっても構わないと言って。父は喜んで妹を侯爵に嫁がせた。失意のどん底にいた妹は、父親に言われるがままだった。ところが結婚を目前に控え、ジェシカが君を宿していることがわかったんだ。侯爵は、それでもかまわない、子どもも引き受けると言ってジェシカと結婚した。――そこから何があって妹が失踪したかはわからない」

カークは残っていた酒をあおると、深いため息をついた。

「私は弱虫で、妹のために何もしてやることができなかった。ハーディン様が妹を捜しているのをいいことに、自分では捜そうともしないで。正直、知り合い全員と連絡を絶って姿を消した妹が、生きているとは思えなかった。だが、妹は亡くなる前に君を産んで、君は帰ってきてくれた。今更遅いかもしれないが、私は精一杯償いをしたいと思っている。妻はわかってくれたが、息子はあの通りで申し訳ない」

頭を下げられてアンジェは慌てた。

「気にしないでください。わたしこそ申し訳ありません。ご厄介になったせいで息子さんとあんな仲違《なかたが》いを……」

「それこそ気にすることはないよ。恥ずかしいことだが、援助の話は本当だ。父の失策が相次いだせいで我が家は体面を保つので精一杯で、私の力も及ばず領地は寂れていく一方なんだ。息子が継がないと言うのならば、爵位も領地も返上して田舎に引っ込むまで。援助は、君にこの家で何不自由なく暮らしてもらうためと、申し分ない花嫁として送り出すためだけに使うつもりだ」

養父母の居室をおいとまするとき、カークが言った。

——本当のことを言えば、君とクリストファー様との結婚を反対したい気持ちもある。でも、我が家に来てくれた君がクリストファー様を心から信頼し愛しているのを感じて腹を決めた。君たちが無事結婚できるよう、私なりに手を尽くそう。どんなことがあっても、私たちは君の味方だということを忘れないでほしい。

夫が話すのを聞きながら、エマも同意するようにうなずいていた。

二人の厚意は本当にありがたい。けれど、それに甘えてしまっていいのだろうか。

心苦しく思いながらも、心は別のことにも飛んでいた。

わたしは、母と同じ道をたどっている。

母とは事情がまったく違うけれど、愛する男性《ひと》と結婚したいばかりに婚前交渉を持ったところは同じだと思った。

母に、あんな切実な事情があったなんて。でも、皮肉なことに二人が引き裂かれそうになったおかげで、アンジェはこの世に生を受けた。

アンジェもまた、クリストファーと生涯をともに生きたかったから、道ならぬ関係におののきながらも彼を受け入れた。結ばれていなかったら、今も彼と結婚していいのだろうかと悩み、きっかけがあれば決断を翻《ひるがえ》していただろう。

でも、彼と結ばれたから。彼に身も心も愛される幸せを知ってしまったから。もう彼と別れるなんて考えられない。

カークたち親子の関係にひびを入れてしまったことは申し訳ないけれど、アンジェが他家から嫁いでくるという体裁を整えるためには、養女になることが必要不可欠だった。

利己的な考えに走る自分を叱りたいと思うし、情けないとも思う。でも、彼らの協力を断れるほど、アンジェは強くなれなかった。

翌日の午後、ゾーイがチェイニー伯爵の屋敷にいるアンジェを訪ねてきてくれた。それは嬉しい驚きだった。

午前中にクリストファーとの結婚の件と養子縁組の件について知らせる手紙を届けてもらったのだが、それを読んだゾーイが一言もなくアンジェと縁を切っても仕方ないと思っていたからだ。

アンジェの私室に通されたゾーイは、これまでに見たことがないくらい険しい表情をして近付いてきた。そしてアンジェの二の腕を摑むと、語気を強くして訴えてきた。

「どうして事前に相談してくれなかったの!?」

嫌われて話も聞いてもらえないと思っていたから、心配してくれている彼女の声音に、アンジェは希望の光を見出す。

しかし、ゾーイの次の言葉にアンジェは突き落とされた気分になった。

「相談してもらってたら反対したのに！」

やっぱり、ゾーイも認めてはくれないのだ。覚悟はしていたけれど、たった一人の友人にもクリストファーとの仲を受け入れてもらえないのは辛い。涙をこらえてうつむくアンジェに、ゾーイは立て続けに質問を浴びせてきた。

「どうしてクリストファー様と婚約することになったの？　血のつながりがなくても、きょうだいが結婚することにみんなが嫌悪感を抱いていることは知っているでしょう？　社交界の人たちは、慣習を破る人に容赦しないわ。あのクリストファー様だって、彼らの考えを変えることなんてできるわけがない。社交界から爪弾きにされたら、貴族としては死んだも同然になってしまう。そんなリスクを負ってまで、クリストファー様と結婚するなんてどうかしているわ。アンジェにならば求婚者が山のように現れるでしょうに、どうしてよりにもよってクリストファー様なの？」

アンジェの二つの目から、ずっとこらえていた涙がどっとあふれた。それを見て、ゾーイは驚いた声を上げた。

「まさか……！　クリストファー様に強要されて……？」

違うと強く否定したかったけれど、今のアンジェは力なく首を横に振るので精一杯だった。

ゾーイは、アンジェを椅子に座らせると、小間使いが運んできてくれた椅子に座って顔を覗き込んできた。

「あなたの話を聞かずに責めたりしてごめんなさい。何があってクリストファー様と婚約することになったのか、事情を聞かせてちょうだい」

優しい語りかけに新たな涙を誘われながら、アンジェはぽつぽつと今までのことを話し始めた。

出会った瞬間から、クリストファーにどきどきしっぱなしだったこと。サンドラからクリストファーと距離を置くように言われた瞬間、彼への恋心に気付いてしまったこと。諦めようと努力してきたのに、それが叶わなかったこと。

そしてあの運命の夜、両想いだと知ってしまったこと。

「クリストファー様はわたしを他の男性に嫁がせるくらいなら死んだほうがマシとまで言ってくださったの。両想いだとわかって一緒に試練を乗り越えようって言われてしまったら、もう諦めることなんてできない……！」

アンジェは、両手のひらに顔を伏せて、せりあがってくる嗚咽《おえつ》をこらえた。

泣いてはいけない。他人に嫌悪され拒絶されることをわかっていながら、道ならぬ恋を選んだのはアンジェなのだから。なのに、ゾーイに慰められて新たな涙があふれる。

「責めるようなことを言ってごめんなさい。辛かったのね」

アンジェは懸命に嗚咽を呑み込んだ。

「わたしのほうこそ、ごめんなさい……クリストファー様とこの試練を一緒に乗り越えていこうって決めてしまったの」

涙を拭って顔を上げると、隣にゾーイの笑顔があった。

「わかったわ。あなたにそれだけの覚悟があるのなら、わたしも応援する。でも、心しなきゃ駄目よ。みんなの憧れの人をかっさらっちゃったんだから、やっかまれることも覚悟しないと」

ゾーイは茶目っ気を出して言ったが、ふとあることに気付きアンジェは真っ青になった。

「ご、ごめんなさい……わたし、あなたの憧れの人を……」

ゾーイはあっけらかんとして笑い飛ばした。

「そんなこと気にしないで。単なる憧れで、こういう言い方は悪いけど、本気じゃなかったんだから。――それで、明日の王太子殿下の舞踏会には出席するの？」

「ええ……直接関わりのある人にだけは今日の午前中に手紙を出して報せたそうだけれど、公《おおやけ》へのお披露目は殿下の舞踏会になるってクリスが……」

ゾーイがにやにやしたのに気付いて、アンジェは話を中断する。

「〝クリス〟って呼んでるのね」

アンジェは慌てて言い訳する。

「今のは口を滑らせてしまっただけで、人前ではちゃんと〝クリストファー様〟と」

「ふぅーん、つまり、人前でないところでは愛称で呼んでいるってことね。もう、ラブラブなんじゃゃない。心配して損した。ごちそうさま」

からかうように言われ、アンジェは頬を赤らめる。ゾーイと親友になれてよかったと、心から思った。

不安を抱えながら参加した王太子主催の舞踏会では、思ってもいなかった展開が待っていた。アンジェたちを遠巻きにしてひそひそささやき合っていた人々が、王太子のこの一言で一変する。

「婚約したそうだね。お祝いを言わせてもらうよ。おめでとう。国王陛下も、君たち二人の婚約を祝福したいそうだ」

どうやらクリストファーは前もって王太子に話を通し、理解を得ていたらしい。明るく祝いの言葉を述べる王太子の様子を見ても、いかにヘデン侯爵――クリストファーが王太子にとって大事な友人であるかがわかる。

王太子のみならず国王までもが祝福した婚約を認めないわけにはいかないのだろう。出席者たちは少しずつ近付いてきてはお祝いの言葉をかけていく。ある人は複雑そうな表情をしてぼそぼそと、またある人は媚びを売るように大げさに。

だがどの人の目にも困惑や嫌悪が見え隠れして、受け入れられているのは表面上だけだということがありありとわかる。

その後は、以前とあまり変わらぬ社交生活が待っていた。王太子の片腕である彼と縁を切れる貴族はいないのだろう。

けれど、アンジェに対しては違った。クリストファーの同伴者として催しに出席すれば、ひそひそ話がアンジェを苛《さいな》む。すれ違いざまアンジェにしか聞こえないあてこすりを言われたこともあった。

「お義兄様をどんな手でたぶらかしたのかしら？　平民育ちの方は分別も持ち合わせないのね」

たぶらかしたつもりはなかったけれど、アンジェの心に不安が生まれた。

クリストファーは、長年アンジェを見付けられなかったことに罪悪感を抱いている。それゆえアンジェの恋心に気付いた彼は、アンジェの願いを叶えるべく結婚までしてくれようとしているのではないかと。

帰りの馬車の中でその考えを打ち明けると、クリストファーの表情がぞっとするほど冷たくなった。

クリストファーは、傍らの小窓を開いて御者に命じた。

「私がいいと言うまで、この辺を回って馬車を走らせ続けろ」

何故なのかわからないけれど、彼を怒らせてしまったことだけはわかった。

「君は私のことをまだよくわかっていないようだね」

「ご……ごめんなさ――」

「悪いと思うなら、ドロワーズを脱いで」

クリストファーがそんなことを言うなんて信じられない。目を見開いて固まっていると、彼は妖しい笑みを浮かべた。

「ペチコートも脱いでもらったほうがいいな。ぐずぐずしてると、それだけ帰りが遅くなるよ。チェイニー伯爵夫妻に心配かけていいのかい？」

それは嫌だ。スカートに隠れるとはいえ、クリストファーの目の前で服を脱ぐという恥辱に耐えながら、アンジェはスカートの下に手を入れもぞもぞと下衣を脱ごうとする。

けれど、ペチコートは布のコルセットから外せたものの、座ったままなのでお尻から抜くことができない。

思い切って腰を上げたそのとき、馬車ががたんと揺れて、アンジェは前に倒れてしまった。それを支えたクリストファーは、アンジェの耳元に甘ったるくささやく。

「積極的で嬉しいよ」

「ちっ違――あ……っ」

スカートの中に素早く入ってきたクリストファーの手が、ペチコートとドロワーズをあっという間に下ろしてしまう。

「ほら、私に摑まったまま足を片方ずつ上げてごらん」

言われた通りにすると、両方の脚からドロワーズとペチコートを抜き取られてしまった。

それを座席に放ると、クリストファーはアンジェの身体の向きをくるりと変えさせ、彼女がさっきまで座っていた座席の背もたれに掴まらせた。必然的に彼に向けてお尻を突き出す恰好になり、それに気付いて顔が真っ赤になる。

だが、それは始まりに過ぎなかった。クリストファーはアンジェのスカートをめくり上げると、いきなり秘所に指を這わせてくる。

「きゃあっ！」

「大きな声を上げると、御者に聞こえてしまうよ？」

アンジェは慌てて口をつぐむ。けれど、クリストファーの手は止まらなかった。蜜口を探り当て、指を差し込んでくる。根元まで埋めたあと、今度はゆっくりと出し入れした。

「もう濡れてる。ドロワーズを脱げって言われただけで感じちゃった？」

言い当てられて、アンジェはぎくっと身体を強張らせる。その拍子に、蜜洞に入り込んだ彼の指を食い締めてしまう。

「今、中が締まったね。図星だったかな？」

「い……言わないで……」

アンジェはか細く懇願する。けれど、彼はなおも言葉で嬲ってきた。

「責めてるんじゃないよ。私は嬉しいんだ。私の言葉一つで君が感じてくれるようになったことがね。ご褒美に達《い》かせてあげよう」

「待っ、やめ――！」

アンジェの制止も届かず、クリストファーは彼女の胎内に潜り込ませる指を増やし、快楽の芽に指を這わせてくる。内と外の感じる場所を同時に擦られ、急速な快楽の高まりに目がちかちかとしてくる。

アンジェは慌てて片手で口をふさいだ。声を上げて御者に気付かれるわけにはいかない。車輪と馬の蹄の音がある程度かき消してくれるとしても、高らかに上げた嬌声《きょうせい》までは消してくれないだろう。

──お願い、やめて、クリス──！

心の中ではそう叫んでいても、身体はアンジェを裏切って貪欲に快楽をむさぼる。さらなる刺激を求めて蜜洞はうねり、お尻を突き上げることで快楽の芽を彼の指に押し付ける。

数日振りの快感は、あっという間に弾けた。

「んん──────！」

手のひらで覆った口から、くぐもった嬌声が上がる。

がくがくと震えたあと、身体が弛緩した。片手で支え切れず、上体は座席へ滑り落ちる。蜜口から指を引き抜かれると下肢の支えも失って、アンジェは座席の下に座り込みそうになった。

その腰をクリストファーは自らの膝に乗せて支えると、アンジェの口元に白いハンカチを差し出してくる。

「声を出したくなかったら、これを口にくわえているといい。――落とさないように」

快楽のせいで頭が霞むアンジェは、何も考えられないままハンカチをくわえさせられる。

クリストファーはアンジェをもう一度立たせ、背もたれに手を置かせた。

背後でばさっと重たい音がする。クリストファーがコートを脱ぎ捨てたのだろう。

その後ベルトの音とわずかな衣擦れの音がしたかと思うと、背中にクリストファーの気配を感じる。わざと官能を呼び覚ますかのように、彼はアンジェの耳元で低く甘くささやいた。

「しっかり摑まっているんだよ」

彼はアンジェの腰を片手で支え、もう一方の手で狙いを定め、猛《たけ》ったものを容赦なくアンジェの蜜洞に突き入れる。

「――――！」

軽く達しただけでまだ満足し切っていなかった身体は、踵《かかと》が浮き上がるほどの乱暴な突きを受け入れた瞬間、脳天を貫くような快感を得てさらなる頂点に達した。身体の内も激しく痙攣《けいれん》し、蜜洞をうねらせ背中を大きく反らせて快楽を享受する。

蜜洞が狭くきつくなったのも構わず、クリストファーはがつがつとアンジェの奥深くを穿《うが》った。

「入れられただけで達するなんて、ずいぶんと淫らな身体になったものだ」

アンジェは首を横に振って否定した。

声を出そうとすればハンカチを落としてしまう——自分を辱《はずかし》めているクリストファーに言いつけられたことなのに、アンジェはそれに逆らうことができない。

不意にクリストファーが律動をやめ、アンジェの耳にささやきかけた。

「愛してるよ、アンジェ。愛していなきゃ、どうして私が君を抱けると思うんだい？　私たちは義兄妹なんだよ？」

アンジェははっとしたように身を強張らせた。クリストファーが何を言わんとしたか、一瞬で理解したからだ。そのことに気付いているだろうに、クリストファーは刻み込むように言い含めた。

「私が君をただの義妹《いもうと》だと思っていたら、こんなこと、おぞましくてできるはずがなかった。君だからだ、アンジェ。私が君を愛してしまったから、溢れんばかりの君への愛をこうして伝えずにはいられないんだ。だから、二度と私の愛を疑わないでくれ。お願いだ」

クリストファーの懇願の声に、アンジェの胸がきゅんと疼いた。

領地を富ませ領民に慕われ、王太子の信頼も厚い有能な彼なのに、時折〝弱さ〟をアンジェに見せる。完璧に見える彼だって、人間らしい弱さも持っている。そんな彼の弱さに、愛しさが込み上げてくる。

そんなふうに考えるアンジェはおかしいだろうか。女性は男性の強さや頼もしさに惹か

れるものだとばかり思っていたのに。

背もたれの上を摑むアンジェの手の横に、クリストファーが片手をつく。それで我に返った途端、彼がまた耳元でささやいてきた。

「アンジェ、そろそろいくよ」

腰をぐっと摑まれ、激しい律動が始まる。背もたれをしっかり摑んでいないと、どこか遠くへ弾き飛ばされてしまうんじゃないかと思うくらいに。

彼の猛ったものが、アンジェの中をめちゃくちゃにかき混ぜて、予測不可能な刺激がアンジェの快楽を急速に押し上げていく。頭の中がクリストファーに与えられる快感一色に染まり、ハンカチのことも忘れて唇を開いた。

「あぁっ！　もう――」

声を上げようとした彼女の口を、大きな手がふさぐ。中で一番感じる部分を集中的に突かれると、アンジェは瞬く間に達した。

蜜洞がぎゅっと締まると、彼の猛りがその中を数度行き来し、一際強く叩き付けられた瞬間、身体の奥底に熱い迸《ほとばし》りを浴びせられるのを感じた。

激しい快感の波が過ぎると、アンジェの身体は座席に崩れ落ちそうになった。もう立っていられる力もないのに、クリストファーはアンジェの腕を背もたれの上に置いて身体を支えさせ、腰を引き上げて立たせたままにする。

「もうちょっとそのままでいて。掻き出さないと、ドロワーズどころかストッキングや靴まで汚れてしまうよ」

アンジェは羞恥に見舞われながらも、クリストファーの言う通りにするしかなかった。馬車の中でしてしまっただけでも恥ずかしいのに、ストッキングや靴まで汚して帰るなんて恥ずかしすぎる。

快楽の余韻に震える脚に懸命に力を込めていると、クリストファーは柔らかく蕩けたアンジェの中に、いきなり三本の指を沈めてきた。敏感な内壁が新たな快感を拾うが、唇をきつく閉ざして声を我慢する。根元まで埋まった三本の指は、ばらばらに動いたかと思うと、アンジェの胎内に空洞をつくろうとするかのように大きく広げられる。

「まだ奥がひくひくいっているね」

知りたくないことを指摘され、アンジェはかっと頬を熱くした。

そのとき、広げられたそこをどろっとした何かが流れるのを感じ、その刺激にびくっと身体を震わせる。

「ああ、いっぱい出てきた。ハンカチ一枚じゃ、とても受け止め切れそうにないな」

さっきまで口にくわえていた白いハンカチが、座席の上に落ちていそうなものなのに、どこにも見当たらない。きっとクリストファーが拾って、アンジェの中から出てくるものを受け止めるのに使っているのだろう。そう気付いてしまうと、また違う羞恥に襲われる。

とろとろと流れるものが感じられなくなってくると、彼の指が引き抜かれ脚の間を布のかたまりで拭われた。

「よく頑張ったね。お疲れ様。ほら見て。君のものと私のものとでびしょびしょだ」

脱力しながらもかろうじて座席の上に転がったアンジェは、ぼんやりと視線を上に向けてぎょっとした。

馬車の壁にかかっているランプの明かりの下、白いハンカチがクリストファーの両手から重そうに垂れ下がり、てらてらと光っている。情交の証をこんなふうに見せつけられて居たたまれないのに、何故かそれから目を離せない。

そんなアンジェに気付いて、クリストファーはハンカチの陰から顔を覗かせにやりと笑った。

「これは私たちが愛し合った証拠だね」

そう言ってハンカチを丁寧にたたむと、ズボンのポケットにしまってしまう。

「ズ……ズボンが汚れちゃう……」

「今更だよ。愛し合っている最中に、君の愛液がズボンに飛び散ったからね」

とんでもないことを聞かされ、アンジェはおろおろしてしまう。

「ど、どうしよう……」

「気にしなくていいよ。それより、君のほうを何とかしなくてはね」

クリストファーは背後の小窓を空けて、チェイニー伯爵の屋敷に向かうよう御者に指示する。それからアンジェにドロワーズとペチコートを穿かせた。

「馬車から降りたあと、歩けそうかな？」

「……歩きます」

クリストファーのことを少し恨めしく思いながら、アンジェはそう答える。

が、到着して馬車から降りようとすると、脚ががくがくして腰を上げてもすぐ座席に尻餅をついてしまった。一度力を抜いてしまったせいか、頑張っても脚に力が入らない。

顔を赤らめていると、コートを着直したクリストファーがくすくす笑いながらアンジェを抱き上げる。

そのまま狭い出口から器用に降り、屋敷の中に入っていく。

それから「ダンスを踊り過ぎて足が疲れてしまったようだ」などと言い繕ってアンジェを寝室まで運んでベッドに下ろすと、クリストファーは優雅な笑みを振りまいて帰っていった。

第七章

それからというもの、一緒に社交の催しに出席した帰り、クリストファーは必ずアンジェを抱いた。夜は馬車の中でということが多いが、ヘデン侯爵邸に寄ることもたまにあった。

昼の催しのあとは、必ずと言っていいほど侯爵邸に戻った。クリストファーの寝室に連れ込まれ、夜の催しに出席する準備を始めるまでの間、時間を惜しんで愛し合う。最後には、必ずアンジェの中から二人が愛し合った証拠を掻き出してハンカチで受け止める。

何度もされれば羞恥は薄れるが、問題は別のところにあった。掻き出される行為は愛撫と変わらない。中途半端に身体を高められたまま、帰されたり次の催しに連れ出されたりする。

身体が疼くせいで、催しに出席している最中も落ち着かないし、夜はあまり眠れないこともある。快楽に支配されつつある身体を厭《いと》わしく思いながらも、彼に誘われれば拒めない。

そうしてアンジェは、会えない時間もクリストファーのことばかり考えるようになっていく。

一方で、アンジェの孤独は増していた。社交場で会う人々は、アンジェさえいないことにすればクリストファーが道を踏み外したこと自体なかったことになると言わんばかりに、婚約のことは一切口にしようとしない。

複数人で歓談している際、クリストファーがアンジェに話しかけそれにアンジェが答えても、反応を示してくれる人はごくわずかだ。クリストファーがアンジェの肩や腰に手を回してつなぎ止めてくれなかったら、アンジェはその場から走って逃げだしていたところだ。それと、親友の助けがなかったら。

ある侯爵家の舞踏会でいつものようにクリストファーの傍らにいると、ダンスを終えたゾーイがアンジェのところへやってきた。

ゾーイは、たくさんの人に囲まれながら無視されることの辛さをわかってくれる。ゾーイと一緒ならクリストファーはアンジェが離れることを許可してくれるので、アンジェは彼に一言断って、ゾーイと一緒にその場を離れた。

「ごめんなさい……」

アンジェは彼女に謝った。

クリストファーの周囲には、社交界の主立った人たちが集まってくる。その場を離れるということは、ゾーイまで彼らと交流を持てないということだ。社交界は人脈を広げ交流を深めるための場なのに申し訳ない。

ゾーイは気にしないでというように、微笑んで首を横に振った。

「わたしも息抜きがしたかったの。付き合ってくれて嬉しいわ」

ゾーイの優しさがありがたくて——辛い。

アンジェと一緒にいると、ゾーイの友人たちはほとんど近付いてこない。アンジェの味方をすると約束してくれたゾーイは、アンジェが出席を断られた催しへの出席を取り消してしまった。彼女がせっかく作り上げてきた人脈を失わせてしまうのではと思い、アンジェの心は申し訳なさでいっぱいだった。

だから、アンジェはゾーイにこう言ったことがある。

——ごめんなさい。やっぱりわたしたち距離を置いたほうがいいと思うの。

それを聞いたゾーイは憤慨して言った。

——何を言っているの！　わたしはそんな薄情なことはしないわ！　心配はご無用よ。わたしの結婚相手は、父か兄が見つけてきてくれるでしょうから。

美しくて聡明なゾーイなら、求婚者も後を絶たないだろう。クリストファーから離れてすぐ、ゾーイはまたダンスを申し込まれる。断れない相手なのか、ゾーイは心配そうな目を向けてくる。アンジェは心配しないでという気持ちを込めて微笑んだ。

「行ってらっしゃい。わたしはクリストファー様のところに戻っているわ」

「ごめんなさいね、アンジェ」

ゾーイは心配そうに何度も振り返りつつ離れていく。

アンジェは小さく手を振って、ゾーイを見送った。

ゾーイにはああ言ったけれど、今はクリストファーのところに戻りたくなかった。こっそり会場を抜け出し、隠れていられそうな場所を探す。

そんなときこの屋敷の使用人から声をかけられ、二階に休憩室が設けられていることを教えてもらった。

が、二階に上がったものの、休憩室を使ったことのないアンジェは、いくつもある部屋のどれが空室か確認することもできず、二階の廊下をうろうろする羽目になった。

こんなところを誰かに見られでもしたら、よくない噂が流れてしまうかもしれない。休憩室は男女が二人きりになるためにも絶好の場所だ。アンジェが男性と待ち合わせをしていたと誤解されたら大変なことになる。

仕方なく会場に戻ろうとしたとき、階段のほうからやってきた人物に気付き、アンジェはぎくっとして立ち止まった。

「イアン様……どうして……」

身なりはきちんとしていたけれど、イアンにはどことなく荒《すさ》んだ雰囲気があった。アンジェがここにいることを知っていて上がってきたのだろう。彼は久しぶりの再会に驚くことなく、にやりと笑った。

「俺を社交界から追放できたと思って安心でもしていたか？」

こんな粗野な話し方をする人でもなかったのに、どうしてしまったのだろう。それより、イアンが口にした言葉に引っかかりを覚えた。

「え？　追放……？」

困惑するアンジェに、イアンは嘲るような笑みを向ける。

「あんたの義兄貴《あにき》が俺のことをあげつらって交友関係を見直せとか言ったせいだろ。ヘデン侯爵とのつながりを切られたくない主催者は、俺を招待者リストから削除する。その話は瞬く間に社交界に広まる。他の主催者たちも俺を招待者リストから外す。そうやってあんたの義兄貴は俺を社交界から締め出したのさ。よかったなぁ、頼りになる義兄貴がいて。ま、直接招待してもらえなくとも、俺には親切な友人がいっぱいいるんでね。一緒の馬車に乗せてもらって敷地内に入れば、こうした出席者を把握できない大きな会なら潜り込めるのさ」

追放されたと言いながらこの場にいるのは、そういうわけなのか。

イアンにはもう近付いてもらいたくなかったけれど、追放まで望んでいたわけではなかった。そのことには罪悪感を覚えるものの、嫌な思いをさせられたアンジェが謝るのもおかしい。

それに、今はこの場から離れなければならない。イアンと二人きりのところを他人に見られたら、どんな噂を広められてしまうか。

アンジェは勇気を出して言った。

「会場に戻らなければいけないんです。失礼します」

そう言って、背筋を伸ばし顎を上げて、毅然とイアンの脇をすり抜けようとする。しかし、イアンに肩を摑まれ、廊下の壁に押し付けられてしまった。

「離して！」

振り払おうとすると、イアンは蔑むように言う。

「俺のことは振っておいて、血のつながりのある兄貴と婚約するなんて、気は確かか？」

「何を言っているの？」

冗談にしたって言っていいことと悪いことがある。不快に思い眉をひそめると、イアンは面白がるように眉を上げげた。

「おや、知らない？　あんたの父親は前ヘデン侯爵だって、一部の間では周知の事実だぜ？」

アンジェはたまらず声を荒らげた。

「嘘を言うのはやめてください！　——失礼します」

これ以上付き合っていられない。アンジェはイアンを振り払ってさっさと階段へ向かおうとする。が、後ろから空惚けた声が聞こえてきた。

「俺の話を聞けば、たいていの人が信じると思うけどね。俺も会場に戻って誰かに話そうかな」

卑劣な話に腸《はらわた》が煮えくり返りそうになる。振り返って睨み付けたが、イアンには通用しなかった。思い通りにいったと言いたげにいやらしい微笑みを浮かべ、アンジェの怒りをあおる。

「俺が何を知っているか、あんたも知りたいだろう？　ここで話してたら誰に聞かれるかわからない。そこの休憩室に入らないか？」

ここにクリストファーかゾーイがいれば助けを求められたのに。

自分の迂闊《うかつ》さを呪いながらも、アンジェはイアンの言う通りにするしかなかった。

休憩室の一つに入ったイアンは、上機嫌でアンジェに話しかけた。

「こちらに来て、ソファに座らないか？」

「結構です。わたしはここで十分」

アンジェは扉の前に立ち、すぐ逃げられるよう、後ろ手でドアノブを摑んでいた。そんなアンジェを嘲笑うように、イアンはソファに座りゆったりと脚を組む。

「どこまで知ってる？　あんたの母親が婚約中から前へデン侯爵に追い掛け回されてたのは知ってるかな？」

そういう言い方は気に入らないけれど、認めなければ話は進まない。イアンへの警戒を隠さず、アンジェはうなずく。

イアンはくっくっと笑い声を立てて、それから話を始めた。

「じゃあ、婚約者と引き裂かれたくないばかりに母親が婚前交渉を持ってあんたを孕《はら》んだってのも聞いてるだろ？　――でも真相は違う。あんたの母親は、ある夜会で前へデン侯爵に襲われてあんたを孕んだんだ！」

「嘘よ！」

アンジェはとっさに否定した。そんなことあるわけがない。だって、養父が教えてくれたのだ。アンジェの幸せを心から望んでくれている養父が、血のつながりがあると知っていながらクリストファーとの結婚を応援してくれるわけがない。

そもそも血のつながったきょうだいが結ばれるのを、神は禁じているのだ。

それを思い起こした瞬間、アンジェはぞっと身を震わせた。もしイアンの言う通り、アンジェが前ヘデン侯爵の娘だとしたら？　アンジェは血のつながった兄と結ばれてしまったことになる。

違うに決まっている。イアンの勘違いであってほしい。けれど、イアンは残酷な事実を突きつけてくる。

「俺が知っている話は、ごく一部の人間しか知らない。屋敷内で醜聞があったなんて知られたら評判はがた落ちだから、夜会を開いた貴族が必死にもみ消しを図ったからな。だが、あんな醜聞、そうそう忘れられるもんじゃない。特に、その場に居合わせた人間はな。――それは、ある伯爵家で行われた夜会でのことだった。招待を受けていなかったはずの前ヘデン侯爵が現れ、あんたの母親を婚約者からさらうことに成功したんだ。侯爵はあんたの母親を近くの部屋に連れ込んで無体を働いた。悲鳴を聞きつけた婚約者が鍵のかかった扉をぶち破りもしたから大騒ぎさ。伯爵家といっても、由緒正しく国王陛下の覚えもめでたい有力な家だったから、出席者への口止めも『今後も我が家との付き合いを続けたかったら』とささやくだけで十分だった。その伯爵家は何を隠そう、マーシャル伯爵家だ。あんたのご親友の家だから、口止めが簡単だったのもうなずけるだろう？　醜聞の現場に居合わせた人間は、あんたを社交場で見かけて当時のことを思い出した。だが、今もマーシャル伯爵家と縁を切られるのを恐れて、ごく一部の間でひそひそ話すにとどめているのさ」

「そ、そんなのの嘘よ……」

信じたくない話だった。アンジェが無体を働かれた結果生まれた子だなんて。まるで自分の身を汚されたようで気分が悪い。そんなアンジェに、イアンはいやらしい笑みを浮かべて追い打ちをかける。

「そうじゃなきゃ、どうしてあんたの母親が前へデン侯爵と結婚したと思う？　前へデン侯爵にしてみても、他の男との子を宿した女と結婚するなんて、どう考えたっておかしいじゃないか。あんたの母親の元婚約者も、あんたの母親が前へデン侯爵に穢されたばかりか子まで孕んだと知って、絶望して自殺したんじゃないかって噂だ。そう考えるといろいろつじつまが合うからね」

アンジェは震えが止まらなかった。

イアンの言っていることは筋が通っている。だからといって、それが事実とは限らない。他の人にも確かめなければ。当時のマーシャル伯爵やアンジェの養父母に。

でも、イアンの言っていることが事実だとしたら、アンジェたちは人間の決めた倫理観どころか、神様の教えに背く恐ろしい罪を犯してしまったことになる。

頭ががんがんと痛み、めまいがして倒れそうだった。

クリストファーがこのことを知ったらどう思うだろう。自分との関係を後悔して、さらにはおぞましいものでも見る目を向けられたら、アンジェはきっと立ち直れない。かといってこのまま婚約を続けることも、ましてや結婚など不可能だ。

クリストファーがいてくれれば、どんなことでも乗り越えられると思っていた。けれど、決して乗り越えられないものもあることを思い知る。

血のつながった兄妹かもしれないと知っても、アンジェの中のクリストファーへの想いは消えなかった。だからこそ、今度こそ完全に身を退《ひ》かなければならないと思った。

クリストファーを本当の罪に堕《お》とさないため。そして、罪を犯してしまったことを知って彼が苦しまなくて済むように、このことはアンジェの胸だけにとどめておかなくてはならない。どうしたらいいのか、混乱の極みにあって頭が上手く回らない。

イアンがいつの間にか側に来ていて、アンジェの耳元にささやいた。

「解決策があるけど、聞きたい？」

アンジェははっとして顔を上げた。イアンを信用してはいけないという考えは、すでに頭の中から抜け落ちてしまっていた。

すがるように見つめれば、イアンは多くの女性を魅了してきた笑みを浮かべて、アンジェの肩を抱き部屋の奥へといざなう。その笑顔にアンジェが魅了されることはなかったが、イアンの言う解決策が知りたくて、促されるまま扉の前から離れてしまった。イアンについていけばすべては丸く収まると思い込んでしまったかのように、一歩一歩部屋の奥へと進んでいく。

その先には、天蓋付きの寝台があった。けれど、救いを求めるアンジェの目にそれは映らなかった。ただ食い入るようにイアンを見つめる。

「教えてください。クリストファー様を禁忌の罪から救うにはどうしたらいいんですか？」

アンジェの問いかけに一瞬驚いたようだが、イアンはすぐに表情を取り繕って猫なで声で答える。

「俺と結婚すると言って、婚約破棄すればいいんだ」

アンジェは驚いて目を見開いた。それこそ完璧な解決策だ。アンジェが心変わりをしたと言って別の男性と結婚すれば、クリストファーを罪から救い出せる。

アンジェの表情を見て、イアンは満足げな笑みを浮かべた。

「賛成してくれるようだね。じゃあ早速始めようか」

イアンがアンジェの顎に手をかけ、顔を近付けてくる。アンジェはとっさに顔を背け、彼の唇を避けた。

「何をするんですか!?」

「何って、賛成してくれたじゃないか。俺と結婚するって」

「あなたと結婚するなんて言ってません！」

クリストファー以外の男性なら誰でもいいのだから、相手はイアンでなくてもいいはずだ。

イアンの唇に追いかけられ、アンジェは必死に顔を背けながら、いつの間にか自分の身体に回されていた腕から逃れようともがいた。

だが、ひょろっとした外見でありながら、イアンの腕は意外と強い。アンジェの細い腰にしっかり巻き付いてなかなか外れない。そうこうしているうちにバランスを崩してしまった。

「きゃ……！」

床に叩き付けられることを覚悟したのに、アンジェの身体が落ちたのは柔らかな寝台の上だった。チャンスとばかりにイアンが伸し掛かってきて、アンジェはますます身の危険を感じる。

アンジェを真上から見下ろして、イアンは余裕の笑みを浮かべた。

「俺以外に、おまえと結婚するのを承諾してくれそうな男がいるのか？　いないよな。――修道院育ちで今年になっていきなり貴族の仲間入りをしたから知り合いもろくにいなくて、しかも兄妹でありながらヘデン侯爵と婚約した女と結婚してやろうなんて男は俺くらいなもんだ」

嘲りを含んだ指摘に、アンジェの胸がずきんと痛む。

言われた通りだ。そんな条件の女と結婚してくれる男性なんてイアン以外にいないだろう。これから探そうとしたって、アンジェが離れていこうとしただけでお仕置きをしたクリストファーが見逃してくれるはずがない。

何より、時間がない。今年の社交シーズン中に結婚式を挙げられるよう、大急ぎで準備が進められているのだ。シーズンが終わるまであと二ヶ月程、それまでに相手を見付けられるとはとても思えない。妻にしようとしている女性を嘲るような男性と結婚なんかしたくないけれど、他に選択肢がないことを痛感した。

「俺にお願いしろよ。『わたしと結婚してください』ってな」

そんなこと、口が裂けても言いたくなかった。けれど、クリストファーを救うにはそれしか道がない。アンジェはぐっと歯を噛み締め覚悟を決めると、抵抗して強張る口を懸命に動かした。

「わ……たしと、結婚、してください……」

クリストファーのためとはいえ、これは明らかに裏切りだ。このことを知ったら、彼はきっと許してくれないに違いない。さすがに愛想をつかしてアンジェに背を向ける彼の姿が、脳裏に思い浮かぶ。

さようなら、クリストファー様……。

もう彼のことを恋人のように呼べはしない。固く目を閉じると、眦《まなじり》から涙が零れる。

感傷に浸っていられたのは、ほんの少しの間だけだった。骨張った指が、ドレスに包まれたアンジェの胸を鷲掴む。一瞬にして怖気が立ち、アンジェは悲鳴を上げた。

「嫌！　何をするの!?」

突き飛ばそうとしたけれど、伸し掛かってくる男は予想外に重くて、わずかに仰け反らせることしかできなかった。そんなアンジェの抵抗など気にならないのか、薄ら笑いを浮かべてイアンは言う。

「結婚したふりをするだけでいいと思ってたのか？　残念だったな。あんたの兄貴の執着は、その程度のことじゃ断ち切れねーよ。それこそ、情事の現場を目撃させるくらいしなきゃ、自分がフラれたことも認めねぇだろうな。あんたも兄貴のことを思うなら大人しく俺に抱かれろって」

大きく開いた襟元をぐっと押し下げられそうになり、アンジェは慌ててその手をもぎ離そうとする。

イアンに抱かれるわけにはいかない。抱かれたら、アンジェが純潔でないこと——婚前交渉を知られてしまい、この男にさらなる弱味を握られてしまうことになる。アンジェだけの弱味なら知られても構わないが、これはクリストファーの弱味でもある。何が何でも隠し通さなければならない。

それに、指摘された通り、結婚したふりをするだけのつもりだった。イアンに抱かれるなんて絶対に嫌だ。他の男性でも無理だろう。

クリストファーが血のつながった兄だったとしても、彼への愛は消えない。この先結ばれることがなくても、一生クリストファーだけを思い続けるに違いないからだ。

それを自覚した今、アンジェに思いがけない力がみなぎってきた。襟ぐりを摑むイアンの手に爪を立て、大きく息を吸い込んで叫ぶ。

「誰か助けて！」

「こいつ……！　静かにしろっ」

イアンは片手でアンジェの口をふさごうとする。アンジェはとっさに両手でそれを摑み、親指の付け根に思い切り嚙みついた。

「ぎゃあっ！」

イアンは嚙まれた手を引っ込める際に、勢い余ってベッドの上から床へと転げ落ちる。

院長先生、ありがとうございます！

アンジェは心の中で礼を言って、急いで寝台から下り、扉に向かって走り出した。親指の付け根には急所があり、他の場所に嚙みつくより効果があることを教えてくれたのは院長先生だ。

「ま、待て……！」

苦悶まじりにイアンが叫ぶ。もちろん、アンジェは立ち止まらなかった。

信用してはいけないと思っていたのに、イアンの言葉に惑わされてしまうなんて。クリストファーとの婚約を解消するにしても、まずは本当のことを確認してからだ。

扉を勢いよく開けて、アンジェは廊下へ飛び出した。その瞬間、何かに激突してしまう。それが男性の胸だとわかり気が動転しかけたけれど、慣れ親しんだ香りが鼻腔に入り込み、アンジェはほっとしてその場にくずおれそうになった。

アンジェの二の腕を摑んで支えたクリストファーは、彼女を一旦自分から離して頭のてっぺんからつま先まで視線を走らせた。そして険しい表情をして問いかけてくる。

「誰にやられた？」

すぐには答えられずにいると、クリストファーはアンジェを休憩室の入り口から退けて中に入っていった。

一瞬呆けたのち、アンジェは慌てて追いかける。アンジェがクリストファーに隠し通したかったことを、イアンが暴露するかもしれない。

寝台の脇では、親指の付け根を押さえたイアンが、よろよろと立ち上がるところだった。クリストファーが拳《こぶし》を振り上げるのを見て、アンジェはとっさに叫んだ。

「駄目！」

振り上げられた腕にしがみつくと、クリストファーは納得できないといった表情をしながらも拳を下ろす。イアンのような奴のために、クリストファーに手を汚してほしくなかった。

アンジェに庇われたと誤解したのか、イアンは手の痛みをこらえながらも得意げに口の端を上げた。

「義兄《にい》さんにも聞いてもらおうか。さっきの話を」

「やめて！」

アンジェが叫ぶと、イアンはせせら笑う。

「だったら、さっき俺に言ったことを、義兄さんにも聞かせてあげなよ」

何を言われているのか、アンジェはすぐにわかった。クリストファーに血のつながったきょうだいであることをバラされたくなかったら、イアンに結婚してほしいと言ったことを今伝えろというわけだ。

アンジェはためらった。卑劣なイアンが約束を守るとは思えなくて。でも、言う通りにしなければ間違いなくイアンはしゃべってしまう。

その逡巡の間《ま》は、クリストファーが次の行動を起こすのに十分な時間だった。

クリストファーは一瞬のためらいもなくイアンの胸倉を摑み、再び拳を振り上げる。

「アンジェと何を話していた？　言わないとこの拳がおまえの自慢の顔にめり込むぞ」

「クリストファー様！」

アンジェは止めようとしたが、クリストファーに気圧《けお》されたイアンは冷汗を流しながらしゃべり出す。

「い、妹さんが、やっぱり僕のことが好きだから、お義兄さんとの婚約を解消したいって言ったんですよ」

多大な嘘の交じった話に、アンジェは怒りと安堵を同時に覚えるという複雑な心境に陥った。

イアンのことが好きだなんて一言も言っていない。けれど、クリストファーに知られたくない話を持ち出されなくてほっとしている。

クリストファーは何を考えているのか、しばし動きを止めた。

それから拳を下ろし、突き飛ばすようにイアンを離す。イアンはよろめき、床に尻餅をついた。クリストファーはそれを見下し言い放つ。

「アンジェが逃げるようにこの部屋から飛び出したことを考えると、とてもそんな話をしていたなんて思えないね。――おおかた、アンジェを脅迫して言いなりにしようとしたんだろう。私とアンジェは血がつながっているとでも言って」

アンジェは目を見開き、大きく息を呑んだ。

クリストファーは知っていたのだ。彼に知られてはいけないと考えイアンの口車に乗りかけたアンジェは何だったのだろう。そもそも、何故その噂のことをアンジェに教えてくれなかったのか。噂の真相を知っているのだろうか。――様々な思いが頭の中で渦巻いて、聞きたいことは山ほどあるのに言葉が出てこない。

立ちすくんだまま一言も発せないアンジェの視線の先で、イアンは腰を抜かしたまま焦りの表情を浮かべていた。

クリストファーは足下のイアンを見下ろして、彼らしからぬ嘲りのこもった声音で言った。

「おまえはその噂が事実無根だと知っているはずだ。だから私を脅迫せず、私の婚約者に嘘を吹き込んで脅したのだろう？　既成事実を作ってしまえば、アンジェに嘘がバレてもどうにかなるとでも思ったのか？　あいにくだったな。私は言ったはずだ。『近付いたらただでは済まさない』と。私を敵に回したことを後悔するんだな」

クリストファーはそう言い捨てると、アンジェの肩を抱いて部屋を出る。

アンジェたちと入れ違いに、使用人らしき男性が三人入っていった。室内からわめく声が聞こえてきたけれど、クリストファーにせき立てられ階段を下りかけているアンジェには、何を言っているのか聞き取れない。気になって傍らのクリストファーを見上げれば、彼はいつもの優しい笑顔で応えてくれた。

「大丈夫だ。彼らが話をつけてくれることになっている」

彼らはいったい何者なのだろう。だが、それよりも気がかりなことがある。一階に下りると、夜会の主催者に帰りの挨拶をして、玄関前で待機していた馬車に乗り込む。

馬車が走り出すころには度重なるショックも和らいで、さっきは一言も出てこなかった口から次々質問が飛び出してくる。

「クリストファー様は、あの噂のことをご存じだったの？　何故わたしに教えてくれなかったの？　わたしの父は一体誰？　本当のことを教えて。わたしたちには血のつながりがあるの？」

正面の席に座ったクリストファーは、おもむろに話し出した。

「最初にこれだけははっきりさせておく。君と私には血のつながりはない。古くから貴族の間で複雑に縁組みがなされてきたから、全くつながらないとは言えないが、少なくとも神がお許しにならないほどの近い血のつながりはない。信じてくれ」

「……はい」

返事はしたものの、アンジェは信じ切れずにいた。いろんな人からいろんなことを言われ、頭の中はぐちゃぐちゃだ。全ては過去に起こった出来事であり、証言ばかりで証拠は何一つない。確かなものがほしい。揺るぎなく信じられる確かなものが。

そんなアンジェに、クリストファーは悲しげに微笑んだ。

「噂については、君が社交界に出るようになってすぐのころから把握していた。だが、私は君と血のつながりがないことを知っていたし、君のお母上と私の父との間に何もなかったことは周知の事実だ。君のお父上、スコット・オーブリーが守り通したそうだからね。だが、私の父が君のお母上を襲おうとしたことは事実だ。そんな父親を持つ私を、君は嫌うかもしれない。そう思ったら怖くて、君に言えなかったんだ。臆病な私を、どうか許してほしい」

頭を下げられてしまい、アンジェは慌てた。

「謝ってほしいことなんて何もありません！　嫌われたくないという気持ちは、わたしもわかりますから。それに、お父上がなさったことを理由にクリストファー様を嫌ったりなんかしません。お父上はお父上、クリストファー様はクリストファー様ですから」

アンジェがそう主張すると、クリストファーはようやく顔を上げて微笑んだ。

「ありがとう。君にそう言ってもらえて、救われた気分だよ」

アンジェはほっとして顔をほころばせたが、心の中にはまだ燻っている思いがあった。

アンジェの憂《うれ》い顔に気付いて、クリストファーが訊ねてくる。

「まだ何か気になることでも？」

訊ねてもらったので、アンジェは思い切って打ち明けた。

「お母様は、何故産み月間近に行方をくらませたんだろうかと、ずっと気になっていたんです。大きなお腹を抱えていて、失踪するのにはいい時期だったとはとても思えないし、婚約者を――わたしの父を喪《うしな》い、わたしを宿していることに気付いて、クリストファー様のお父様と結婚してしばらく経っていたのに、何の理由があってどうしてそのタイミングで失踪したのか、わからないことだらけなの」

クリストファーは思案しながら答えた。

「私にも、その辺りのことはさっぱりわからない。――けれど、もしかしたら修道院長に何か心当たりがあるかもしれないね。様子を見に行きがてら、話を聞いてみようか？」

数日後、社交シーズン中で忙しいはずなのに、クリストファーは予定を空け、修道院のあるあの小さな町へ一緒に行ってくれた。

生まれ育った町を離れて三ヶ月と少し、久しぶりに訪れた町は何も変わっていないように見えた。

ただ、町外れにある女子修道院は違った。屋根は葺き替えられ、雑草も一本残らず抜かれており、敷地内のあちこちから人の声が聞こえてきて、以前と比べ活気がある。

院長先生は院長室にいて、アンジェたちを歓迎してくれた。病から回復したものの、高齢のため無理はできず、一日の大半を院長室で過ごし、礼拝の他は修道女見習いたちを指導するにとどめているという。アンジェがクリストファーと近々結婚する予定だと話すと、院長先生はクリストファーから手紙で報せてもらったと言い、祝福してくれた。

「最初に聞いたときには、正直心配しました。血がつながっていないのなら、神の教えに背くことではありませんが、好ましいこととも思えませんでしたから。ですが、クリストファー様からとても誠実なお手紙をいただいて、そして今日あなたとクリストファー様の仲睦まじい様子を見て安心したの。おめでとう。お母様の分まで幸せになって」

「ありがとうございます。それで……今日来たのはその母のことなんです。どうして母が侯爵家から姿を消したか、心当たりになるようなことを言っていたかどうか、もう一度思い出してみてほしいんです」

院長先生は眉間に皺を寄せて考え込んだあと、残念そうに首を横に振った。

「あなたのお母様は、ここに身を寄せたときとても怯えてらしたの。自分がここにいることを、誰にも言わないでほしいと何度も何度も頼んでいらしたわ。何か手がかりになるようなことをおっしゃらないかと思ってお話を注意深く聞いていたけれど、身を隠さなければならない理由も、身元が明らかになるようなことも一切口になさらなかった。でも、お母様の身の上を聞いて思ったことがあるの。――あくまで想像だけれど、あなたのお母様は、あなたの本当のお父様を心の底から愛していて、だから他の男性と結婚してしまった罪に耐えかねて、逃げ出してしまったのではないかしら？　恋とは人を衝動に走らせることが往々にしてあるものよ。産み月間近の大変な時期に逃げ出されたのは、そのせいかもしれないわ」

院長先生の言葉は、アンジェの心の中にすとんと落ちた。

恋の衝動――クリストファーと結ばれたあの夜も、衝動的なものだったと今なら思う。衝動がなければアンジェもクリストファーも、きっとああはならなかっただろう。互いに義兄妹の距離を保ち続け、いずれは別々の相手と結婚していたに違いない。公に二人の結婚が認められた今、あの夜衝動に負けてよかったと心から思う。

スケジュールの関係で、修道院にいられた時間はごくわずかだった。夕方、院長先生と別れを惜しみ、クリストファーと馬車に乗り込んで、前日宿泊した新街道沿いの宿に戻った。その帰りの馬車の中で、アンジェはクリストファーに感謝した。

「院長先生に会わせてくださってありがとうございました。お元気な姿を見られて安心しましたし、母のことを改めて聞けてよかったです。母に訊いて確かめることはもうできませんが、院長先生がおっしゃっていたことが真実なんじゃないかって納得できました」

クリストファーは微笑み、前かがみになってアンジェの手を取った。

「君が納得できてよかった。スケジュールを空けてここまで来た甲斐があったよ」

馬車の中でクリストファーに触れられると、アンジェはいけないことを思い出してしまう。

今回の旅の最中は一度も抱かれていないので、もしかするとまたアンジェのことが欲しくなったのかもしれない。けれど母のことが解決し落ち着いた心持ちを取り戻した今なら、ずっと気になっていたことを切り出せそうな気がする。

顔を真っ赤にしてクリストファーと握られた手を交互に見る。

「あの……馬車の中でというのは、お許しいただきたいんです。御者の方に気付かれてしまうかもしれませんし、近くに人がいると思うと落ち着かなくて……」

一瞬きょとんとしたクリストファーは、アンジェのかちこちになった手に目をやり、それから笑いを噛み殺して言った。

「もしかして期待してしまった？」

「ちっ違います！」

意地悪な質問に、アンジェはさらに真っ赤になる。クリストファーは不意に隣の席に移ってきて、アンジェの肩を抱いた。

「君が嫌だというなら馬車の中でするのは諦めるよ。スリルがあって楽しいと思うんだけれどね」

「もう！　クリストファー様ったら」

「もう〝クリス〟と呼んでくれないのかい？」

魅惑的な笑みを向けられ甘い声音で言われ、からかわれて怒ったのを忘れてアンジェは頬を染める。クリストファーは小さく笑ってアンジェの耳元にささやいた。

「ここ数日、結婚式に向けてスケジュールを短縮しようとして大変な日程を組んでしまっただろう？　君に無理をさせてはいけないと思っていただけで、私だってずっと期待していたんだ。君にお許しいただけるなら、今夜は一晩中愛し合いたい――」

アンジェが返事をしようとして開いた唇に、クリストファーの唇が重なってきた。

＊　＊　＊

一晩中とは言ったものの、やはり疲れがたまっていたようで、アンジェは二度目の交わりのあと気絶するように眠りに落ちた。クリストファーが残念に思いながら自身を彼女の中から引き抜くと、その刺激に反応してアンジェがぴくんと震えた。だが、その程度の刺激では起きそうもない。

クリストファーはアンジェの傍らに腰掛け、ランプのオレンジ色の明かりに染まって輝く、愛しい彼女の滑らかで少し汗ばんだ肌を撫でた。

今回無理をしてでも修道院長に会いに来たのは、結婚前にアンジェの憂いをすべてなくしたかったからだ。アンジェはあまり口にしなかったが、修道院長のことを常に気にかけていたことを、クリストファーは察していた。クリストファーと結ばれてからは、母親代わりであった修道院長にどう思われるか心配しないわけがない。直接会って祝福してもらったことで、見るからに安堵していた。

修道院長がアンジェにどんな言葉をかけるか、クリストファーは事前に把握していた。いや、クリストファーが望む言葉を言うように、院長を操ったというのが正しいだろう。

修道院の修復にあたって、クリストファーは手の者を修道院に送り込んだ。その者に修復の手配をする傍ら、修道院長にそれとなく探りを入れさせた。そしてアンジェの母から何も聞いていないことを確認したところで、院長にこう言うよう指示した。

――ジェシカ様は、ハーディン様と結婚した後もスコット様を愛していたのでしょうね。

院長はその言葉からジェシカの失踪の理由を推測し、手の者がそれに同意したことによって、確信するようになった。

二人の婚約を祝福したこともそうだ。クリストファーからの手紙を渡すのと同時に、アンジェの恋煩いと、クリストファーと婚約してどれほど幸せそうにしているかを手の者から話して聞かせ、懸念を示していた院長の考えを百八十度転換させた。その報告を受けたからこそ、クリストファーはアンジェを修道院長に会わせることを決めた。

修道院長が考えを変えず二人の婚約に反対するようであったら、絶対に会わせたりしなかった。怪しまれることのない方法で、修道院長を亡き者にしたことだろう。育ての親である院長が生きている限り、アンジェが会いに行きたがることは目に見えている。院長に祝福されなければアンジェは幸せになり切れなかっただろうが、下手に罪悪感を植えつけられるよりマシだ。

幸い、修道院長はクリストファーの意図した通りに話をして、アンジェを納得させてくれた。これでもう、アンジェは修道院長に反対されるのではと心配することも、母親の失踪の理由を気にすることもなくなるだろう。

気にしたところで、アンジェがその真相を知ることはない。

何故なら、真相が漏れないよう細心の注意を払って計画を立て、アンジェの母を逃がしたのは、当時九歳だったクリストファーだからだ。

クリストファーは、生まれながらにして情緒が欠落していた。

そういう性格なのか、何らかの欠陥を持って生まれたせいなのかはわからない。赤ん坊のころは笑いもしなければ機嫌が悪くて泣くということもなくて将来が心配になったと、後に家政婦から聞かされた。物心ついたころには、家庭教師たちが自分のことを神童と呼び騒いでいたが、そのことについても何の感慨も湧かず、ただ言われたままに知識を吸収する日々を送っていた。

そんなクリストファーを家令や家政婦などごく一部の使用人は心配していたが、特に何か手立てが講じられることはなかった。それを報告された父母が取り合わなかったからだ。

当時、父は野心に燃えて王宮内での権力争いに忙しく、母は社交界でいかに目立つかにしか関心がなかった。息子が優秀なら、そのうち役に立つだろうと、その程度にしか思っていなかったに違いない。

クリストファーのほうも、母が階段から落ちて死んだと聞いても感情らしい感情は一切浮かばず、父親が年甲斐もなく若い女に入れあげるようになったと聞かされても何一つ思うことはなかった。

ただ、母の葬儀では打ちひしがれたように下を向き、父の所業を聞かされれば、相手から目を逸らし「父のことを恥じています」と子どもながらに遺憾の意を示した。そういう反応を、周囲の人間が望んでいると知っていたから。

賢かったがゆえに、他人が自分にどんな反応を求めているかまで学び取り、実践することで感情という仮面を身に着けていった。

五歳になるころまでに普通の子どもという仮面を完璧に身につけ、使用人たちを安心させた。

その状況が一変したのは、父が後妻を迎えてしばらくしたころのことだった。

――触ってみる？

妊娠七ヶ月目に入りずいぶんふっくらした腹を指してそう言ったのは、クリストファーの義母となった若い女だった。その女は婚約者を喪《うしな》ったことで父への抵抗を諦め、亡き婚約者の遺児を立派に育て上げることに生きる希望を見出していた。

そのために、自分を追い掛け回していた二十歳近く年上の夫の息子とも仲良くしようと考えたらしい。クリストファーを頻繁にお茶の席へ誘った。

勉強漬けのクリストファーを休ませたいという気遣いだったらしいが、正直義母とお茶をするほうが疲れた。九歳の子供らしく演じるために気が抜けなかったからだ。家庭教師と勉強をしていたほうが、よっぽど疲れない。無表情であっても集中しているからだと思われ、仮面を着けなくて済むからだ。

だが、義母も使用人たちも、勉強から解放してあげればクリストファーが喜ぶと思い込んでいる。義母の提案も、そんな『気遣い』の一環だったのだろう。そんな大人の期待に応えるのも自分の仕事の一つだと、かなり早い時期から認識していた。

そのときも、ここは触りたいと答えるのが正解だろうと思い、クリストファーは無邪気を装って「うん、触りたい」と答えた。横を向いて腰掛け直した義母の前にすっ飛んでいき、お腹が一番せり出したところにゆっくりと触れる。それで終わりになるはずだった。

しかし、触れた瞬間。

腹の向こうで、何か動くものを感じた。

それは初めて感じた奇妙な〝感情〟だった。子どもらしく装うことも忘れて、クリストファーは手のひらに感じる胎児の動きに夢中になった。

心が高揚するなんて初めての経験だった。胎《はら》の中にいる子と早く会いたいあまりに、義母の腹を裂きたいと思ったくらいだ。

それからというもの、義母とお茶の席を囲むたびに、お腹に触らせてほしいとねだった。そんなクリストファーを義母も使用人たちも微笑ましく見ていた。

——義弟か義妹が生まれるのが、とても楽しみなんですね。

周囲の大人たちがそう話しかけてくるけれど、クリストファーは腹の中の子が女の子だ

と確信していた。

誰にもやらない。結婚して自分一人のものにするのだと。

だが、賢い少年は、それには困難が伴うとわかっていた。血のつながらない兄妹であっても、男女の関係になることに世間の人々は嫌悪を抱く。腹の子とクリストファーの結婚を真っ先に反対するのはクリストファーの父と義母だろう。王侯貴族も許さないに違いない。そして何より、そうした倫理観の中で育つ義妹の拒絶反応が怖かった。

義妹に倫理観を植え付けられる前に、連れて逃げることも考えた。

が、その考えはすぐに打ち消した。当時のクリストファーは九歳。到底赤ん坊と二人で逃げ延びることができるような年齢ではない。それに、身分を捨てて追手から逃げつつ生きていけるほど、この世は甘くないことも知っている。

一度は諦めようとまで考え、子の宿った他の腹も触ってみた。動物の腹も、人間の腹も。胎動を感じたけれど、何の感慨も湧かなかった。義妹にだけだった。理由はわからない。義妹の胎動だけが、クリストファーの心を打ち震わせ、愛情で胸がはちきれんばかりにさせる。

義妹を諦められないと自覚してからのクリストファーの行動は早かった。まずは自分の手足となってくれる大人を探した。子どものクリストファーでは、どんなに賢くて財力があっても、行動には多大な制限がかかるからだ。

そこで目をつけたのは、厩番《うまやばん》のおどおどした中年の男だった。

厩だったら愛馬の様子を見に行くという口実で通いやすいし、何よりこの男には何かに怯え、後悔している風情があった。もしかしたら何か後ろ暗いところがあるのかもしれない。少し話を聞いて苦しみから解放してやれば、使いやすい手駒にすることも可能だろう。

そう思って時間をかけて男を懐柔し、弱り切っているところに「苦しいことがあるなら、そこから解放してあげたい。父にも誰にも言わないから」とささやくと、そこから思わぬ事実を得ることとなった。

――愛しい女が婚約者と通じてしまったせいで求婚もできなくなったクリストファーの父は、この哀れな厩番に命じて婚約者を殺させたというのだ。父の命令に逆らえなかった厩番は、琥珀を掘る工夫に扮《ふん》して婚約者に近付き、高いところから突き落とした。

婚約者を殺された女は殺せと命じた男の妻になり、馬車を準備する男が最愛の婚約者を殺したとも知らず「ありがとう」と言って微笑む。実家がそんなに裕福ではなかったせいで使用人との垣根が低かった女にとって、それは当たり前の行為だったらしい。

だが、厩番は感謝の言葉と微笑みを受け取るたびに、悩み苦しんでいたのだという。

――おまえは悪くないよ。悪いのは僕の父だ。それでも罪の意識から逃れられないのだというのなら、生まれてくる子を守ることを使命にすればいい。それが、お前が殺してしまった人への償いになるよ。僕も協力する。

よほど苦しんでいたのだろう、厩番はこの言葉に救いを得て、クリストファーに言われるがままに動くようになった。クリストファーは厩番にこう言った。

――邪魔だからという理由で婚約者を殺せと命じた父だ。子どもが生まれたら、その子を殺せと言い出しかねない。僕がその子を守れるようになるまで、父に見付けられず安全に暮らせるところはないだろうか？

――生まれてきた子と母親を引き離すことになるのはかわいそうだ。母子ともに隠れ住むことができる場所はないだろうか。父が義母を諦めるとは思えないから、いくつもの策を講じる必要があるよね。

厩番は、すぐさまいくつかの候補地を見付けてきた。父によく後ろ暗いことを命じられていたせいで、そういうことが得意になってしまったようだ。マーシャル伯爵家の舞踏会に潜り込む手はずを整えたのも自分だと、後悔をにじませながら厩番は告白した。幸い義母への暴行は未遂ということで落ち着いたのだが。

それらの候補地の中からクリストファーが選んだのは、新街道ができたために人の往来が少なくなりつつある町の、小さな修道院だった。貴族の出で教養があり、人柄のよい院長が運営していて、何よりの決め手はその院長には助産の経験が何度もあることだった。

修道院で世話してもらうために必要な金品も、クリストファーが用意した。亡き母の遺品として受け継いだ多数のアクセサリーや小物などを売って金に換えることに、ためらいを覚えることなど一切なかった。

　母の遺品を売るのを任せたのは、現在も家令を務める男だった。身重の義母を逃がす手助けをさせたのは、当時から家政婦を務める女。二人は当主としての務めそっちのけで若い女を追い掛け回す主人に反感を抱くようになっていて、父は子が生まれたら母親と引き離して遠くに捨てるつもりだと涙ながらに訴えたら、普段の父の行いゆえに納得し、快く逃亡計画に協力してくれた。

　準備が整う少し前に、クリストファーは義母に疑心を植え付けた。

　――お腹の子は、父上の子じゃないんだよね？　生まれたあと、父上はどうするつもりなのかな？　よそにやられちゃったら、僕、嫌だな……。

　クリストファーのこの一言で不安を抱えるようになった義母は、家令と家政婦に勧められるとすぐ、父のもとから逃亡することに同意した。産み月も間近、出産前に逃げ出すのならこのチャンスを逃すわけにはいかなかった。

　義母が逃亡する直前に、クリストファーは義妹にしばしのお別れの挨拶をした。

　義母に別れの挨拶をしてから、その腹にしがみついて、「必ず迎えに行くからね。迎えに行ったら二度と離れないから」と心の中で。

　何も知らないであろう義妹は、いつものように腹の中から強く蹴ってきた。

　義母の失踪を知った父は、怒り狂って義母の行方を追うよう命じた。「身重の身で行けるところは限られている、実家に身を寄せているのでは?」と父の耳に入れたのは家令だった。

そうすることを〝提案〟したのはクリストファーだった。父は家令の言葉に乗せられて義母の実家に押し掛け、そこにいないとわかると、義母の親戚や友人知人、果ては貴族の身分を捨てて故郷の片隅に引きこもった妻の元婚約者の両親のもとへと、自らが先頭に立って国中を駆けずり回って押しかけた。同時期に姿を消した元厩番が関わっているのではと気付いたときには、すでに一年が経過していた。

そこでようやく父は自領地内の捜索を始めたが、『赤ん坊を連れた母親』が見つかることはなかった。家令が新街道筋の大きな町のほうが身を隠しやすいのではと父の耳に入れたのと、そのときにはすでに義母は亡くなっていたからだ。

元厩番からは、家令が用意した連絡係を通して、定期的に報告が送られてきた。生まれた子の名前はアンジェだとわかったことや、先日初めて修道院の外に出てきたけれど、その顔は幼いながらも義母にそっくりだったなど。修道院内は男子禁制のため情報は限られていたが、アンジェと名付けられた義妹が元気に育っていることはわかった。

アンジェが修道院でほぼ男性の目に触れることなく清らかに成長していく間、クリストファーには様々な出来事があった。

領地の管理を放り出して義母の行方を捜す父に代わり、クリストファーは十一歳で領地管理の全権を担った。王宮で確固たる地位を得るために王立学院に入学し、優秀な成績をおさめて王太子の留学に随行する役目を手に入れた。帰国後は王太子の片腕としていくつもの実績を上げ、未来の国王の治世を支える重要人物という立場を確立した。

そのときにはクリストファーは二十歳を過ぎ、父から義妹を守るのに十分な力を身に着けていた。けれど、それでもアンジェを迎えには行かなかった。義母にとち狂っていた父が、義母にそっくりな義妹を見たとき、何をしでかすかわからないというのが、家令たちや元厩番に告げた表向きの理由だった。

だが、クリストファーが考えていた本当の理由は違う。

長く過ごしたらアンジェにきょうだいとしての意識が芽生えてしまう。それを防ぐため再会したらできるだけ早くアンジェを自分の虜にして結婚したかったのと、アンジェの結婚についてあちこちから横やりを入れられる隙を作らないようにするためだった。

そのために、アンジェが結婚を許される年齢になる一年前に、手の者たちに父を事故に見せかけて殺害させ、喪が明けないうちは迎えに行かないほうがいいと家令たちに言い含め、父の喪が明けてすぐにアンジェを迎えに行った。

最初からアンジェを義母と関係のない貴族の娘に仕立て上げ、適当な家の養女にして妻に迎え入れることも考えなかったわけではない。

だが、その考えは美しく成長したアンジェに初めて会った瞬間に捨てた。アンジェは義母にそっくりだった。そんな彼女がクリストファー――ヘデン侯爵家と関われば、失踪当時、義母が子を宿していたこととアンジェの年齢を関連づける者が必ず現れる。隠し立てやごまかしをしようとすれば、クリストファーの失脚を狙う輩にスキャンダルとして面白おかしく騒ぎ立てられ、アンジェを手に入れられなくなってしまうだろう。

それよりも、本当のことを最初から公表しておいて、義兄妹であるという障害を乗り越えたほうが確実だと考えた。

練りに練った計画だったが、予想外のことは必ず起こる。

女子修道院は、身分の高い女性が世俗を離れて暮らすために利用されることがある。たくさんの寄付をすれば、貴族の家で暮らすのと変わらない、とまではいかないが、不便のない生活を送ることも可能だ。

修道院で暮らすという不自由を強いる代わりに不便なく暮らせるよう、義母の手に多くの金が渡るよう手配したというのに、アンジェはそんな配慮も知らず、自ら労働に励む生活を選んだ。

アンジェが牢屋に入れられてしまったことも誤算だった。アンジェが悪目立ちしないようにするため、またアンジェ自身に気付かれないようにするため、見守っていたのは元厩番一人で、権限も何も与えなかった。

すべての根回しを終えてアンジェを迎えに行く最中だったことを、喜ぶべきか悔やむべきか。そのおかげでアンジェの留置は一日だけで済んだが、一日でも早く到着していれば牢に入れられるという屈辱を味わわせずに済んだのにとも思わずにはいられない。

アンジェを王都の屋敷に連れ帰ると、クリストファーは次の計画を実行に移した。家令や家政婦を相手に、出会ったばかりの義妹に一目惚れし、道ならぬ恋に苦悩する若き当主を演じた。血のつながりがなくても、きょうだいが結ばれることを快く思わないのは家令や家政婦も同じだ。

最初は二人とも不幸になるからと反対したが、次第に引き離されるほうが不幸になると信じ込ませていった。面倒だったが仕方ない。アンジェを手に入れるにはこの二人の協力が必要で、途中で裏切られるわけにはいかなかったからだ。

アンジェを誘惑するのに成功していたのも功を奏した。修道院育ちで男慣れしていない彼女をクリストファーの虜にするのはたやすかった。その反面、彼女は無邪気だからこそ無自覚に愛嬌を振りまいて、クリストファーをやきもきさせた。

またアンジェは、クリストファーを次々驚かせてくれた。牢に入れられていたというのに、訴えるのは修道院長のことばかり。貴族のかしずかれる生活を喜ぶかと思ったら、至れり尽くせりな生活が落ち着かないと言う。アンジェからの初めての贈り物である紋章入りのシャツは、クリストファーが口にした通り一生の宝だ。

アンジェを知れば知るほど好きになっていく。好きという言葉では言い足りない。のめり込むように夢中になっていく。

それゆえに、アンジェに他の者が近付くのが我慢ならなかった。修道院長や使用人に気遣いするのも実のところ面白くはなかったし、社交のために必要とわかっていてもアンジェが他の男と踊るのは嫌だった。ましてや言い寄られていると知った時は腸が煮えくり返る思いがした。

と同時に、アンジェが自分から離れていく日が来るのではないかと不安になり、自分につなぎ留めておくことに必死になった。アンジェを甘やかしに甘やかし、さりげない言動で誘惑する。

アンジェとの間の最大の壁は、やはりアンジェに植え付けられた倫理観だった。クリストファーに惹かれながらも、それを懸命に隠して距離を置こうとする。

二人の間に生じた微妙な距離を縮められずにいると、思わぬきっかけでそれが崩れ去った。

それは、アンジェが夜着姿で書斎へやってきたときのことだ。

——お義兄様のためになるのなら、わたしは誰のもとであっても嫁ぎます。

他の男のもとへ嫁ぐだって？　そんなことさせるものか！

嫉妬で頭に血が上ったが、同時に膠着したアンジェとの関係を一気に詰める好機だとも気付いた。クリストファーはアンジェに懇願して抵抗できなくさせ、快楽を使って籠絡した。

ひとたび男女の関係を持つと、アンジェも覚悟を決めたようで、中傷に耐えクリストファーと共に戦ってくれる。そのたびに寄り添ってくれるアンジェがたまらなく愛おしい。

アンジェさえクリストファーとの結婚に同意すれば、あとは簡単だった。財政に問題のあったチェイニー伯爵家に援助を申し出てアンジェを養女にしてもらい、彼女が別の家から嫁いでくるという体裁を整えた。

王太子も実は周りから批判されかねない恋をしているため、クリストファーの協力を得る見返りに、国王にクリストファーたちの結婚を認めてもらえるよう頼んでくれた。国王公認となれば、貴族は誰もクリストファーたちの結婚に反対できない。

長い年月をかけて張り巡らせた策略で人々を操り、アンジェを手元まで手繰《たぐ》り寄せた。もうすぐアンジェは妻になり、完全にクリストファーのものになる。

待つことは辛かったが、兄妹として育ち、アンジェに兄としてしか見てもらえなくて、挙句他の男に奪われるよりはマシだ。

何度選択の機会を与えられようが、いずれ手放さなければならない苦しみより、遠くから成長を見守る辛さのほうを選ぶ。

傍らですやすや眠るアンジェを見下ろしながら、クリストファーは口元に笑みを浮かべる。

＊＊＊

青年貴族イアンは、真っ暗闇の中で目を覚ました。硬い床から身体を起こし、声を張り上げる。

「おい！　ここはどこだ？　誰かいないのか！」

だが、誰かが来る気配はない。かといって、人の気配がないわけでもなかった。壁を一枚二枚隔てたところから、大勢の人間が賑わう声が聞こえてくる。

無視されていると思うと猛烈に腹が立って、イアンは何度も声を張り上げた。それでも反応一つない。すぐに疲れてしまって口を閉ざすと、ようやく自分が何故こんなところにいるのか疑問に思った。

思い出せる限り、記憶をたどってみる。

ヘデン侯爵の義妹をだまそうとして失敗し、入れ違いに入ってきた男たちに囲まれてみぞおちを殴られ昏倒したのだろう。そこからぷっつりと記憶がない。

あの男たちがイアンをここに運び込んだのだろうが、ここがどこなのか見当もつかなかった。奴らは侯爵の手の者のはずだ。ここにイアンを運び込むよう指示したのは侯爵に違いない。

そこまで思い至ると、むかむかと腹が立ってきた。

田舎育ちのにわか令嬢くらい、簡単に落とせると思っていた。なのに小賢しい親友とやらの入れ知恵か、一向になびいてこなかった。

しびれを切らして強引な手に出たのが運の尽きだった。アンジェと結婚することでヘデン侯爵家のありあまる金を好き放題使えるようになるはずが、社交界からも締め出され金づるになりそうな他の女を引っかけることもできなくなった。

すべては自分の身から出た錆《さび》だというのに、イアンはクリストファーたちへの恨みを募らせた。

その恨みを晴らすにはどうしたらいいか。金を搾り取ることも考えなければならない。借金取りは日に日に厳しくなり、最近は外出するたびに奴らに捕まらないようびくびくこそこそしている。

ともかく、今はここから出ることを考えないと。

イアンは手探りで周りを確認した。床はざらついた板張りで、手の届く範囲には他に何もない。四つん這いになり出口を探して手を伸ばしていると、どたどたと荒々しい足音が数組近付いてくるのが聞こえてきた。イアンは膝立ちになり、声を上げる。

「おおーい！　誰か俺をここから出してくれ！」

暗闇がわずかに薄まる。辺りを見回せば、扉らしき長方形の暗闇の縁からオレンジ色の光が漏れているのが見えた。誰かが明かりを持ってやってきたらしい。

そちらのほうを向きながら立ち上がりかけたそのとき、がちゃんと鍵が開けられる音がして扉が開く。

真っ暗闇にずっといたせいか、ランプの明かり一つで目がくらんだ。とっさに腕を上げて目を庇ったイアンは、目が光に慣れてきたところで、そろそろと腕を下ろす。そして、次々室内に入ってくる男たちを見てぎょっとした。どの顔も、イアンを追いかけ回していた借金取りだ。

万事休すと思ったそのとき、強面《こわもて》の一人がにやにや笑いながら言った。

「あんたの借金をきれいさっぱり返してくれるお方が現れたよ」

「本当か!?」

イアンはその言葉にすぐさま飛びついた。

誰だか知らないがありがたい。これで助かったとほっとして肩から力を抜いたイアンの耳に、ばきぼきという音が聞こえてくる。不思議に思って周りを見れば、借金取りたちが両手を組んで指の関節を鳴らしていた。

「でもなぁ、それには条件があるんだ」


それから数日後。

歓楽街の裏路地で、男の遺体が発見された。喧嘩でもしたのだろうか。

遺体は酷い有様だった。歓楽街でいろいろともめ事を起こしていた若い貴族だった。

王都の治安を守る憲兵が犯人を捜そうとしたが、鼻つまみ者の若者のために協力しようという者はおらず、被害者の家族も家財を勝手に持ち出す男を持て余していたのか犯人捜しに乗り気ではなかったため、捜査は早々に打ち切られた。

＊　＊　＊

アンジェたちが王都に戻って数日後、大聖堂が晴れた空に祝福の鐘を大きく響かせていた。

大聖堂の入り口から大勢の人々が集まる広場の前へと姿を現したのは、真っ白な衣装に身を包んだ花嫁と花婿だった。花嫁は長年行方不明だった貴族の令嬢で、花婿はその令嬢を見つけ出した、彼女の義理の兄。不躾な視線や陰口もあったが、美しい新郎新婦の姿が現れた時の歓声でかき消された。数々の障害を乗り越えて結ばれた二人を一目見ようと、王都中の人々が集まったかのようだ。

そんな中、広場の片隅にあまり身なりのよくない一人の老人がたたずんでいた。興味本位で集まってきた人々と違い、その老人は感激して涙を流していた。

長い道のりだった。取り返しのつかない罪を犯したが、一人の美しい少年の言葉に救われた。罪を償うため、一人の少女をひっそりと守り続けた。少女は成長して美しい女性になり、そして今日、老人が最も信頼する男性の花嫁になった。

最初は、この結婚に不安があった。何せ、とてつもない障害がある。その障害が少女を不幸にするのではないかと懸念した。だが、それは杞憂《きゆう》だった。

かつての少年は、美しい面影を残しながら王太子の片腕となるまでに地位を上げた。国王の信頼も厚い彼は、国王から祝福を得ることで万難《ばんなん》を排す。国王が祝福した結婚に異を唱えれば、不敬罪とまではいかないかもしれないが、国王の心証を悪くする。そうなると貴族社会で生きていくことは難しくなる。

貴族たちを力ずくで黙らせた形であることが気になるが、遠くからでも少女が幸せそうだと見て取ると、老人は自分の中の懸念を払拭する。

少年は老人と約束した通り、この先も少女を守り続けてくれるはずだ。老人が心配するまでもない。

老人の役目はこれで終わった。二度と彼女の前に姿を現すことも、彼女をこの目で見ることもないだろう。

「末永く幸せに……」

老人は誰にも聞こえないつぶやきを漏らすと、雑踏に紛れて消えていった。

エピローグ

　クリストファーはヘッドボードに立てかけた枕にもたれ、向かい合って自身の脚をまたぐアンジェを眺めていた。アンジェはクリストファーの逞しい肩に手を置いて身体を支え、クリストファーは彼女の背中に両手を回すことでその手助けをしていた。

　そして、アンジェは腰を落とそうとしてクリストファーの先端をほんの少しくわえ込んでは浮かすを繰り返している。

「無理です……許して……」

　アンジェは半泣きになりながら懇願する。けれど、クリストファーはなだめるように言った。

「今日だけでも、もう二回私のものを受け入れているんだよ？　私の放った精もあるから、十分濡れているはずだ。大丈夫。ちゃんと入るよ」

アンジェは悲愴な顔をして目に涙をためる。

――私にまたがって、自分でいれてごらん。

そう言ったのは今日が初めてだった。

嫌がるアンジェをクリストファーの膝に乗せ、脚の間に勃《た》ち上がった自身をあてがうと、アンジェは観念したように腰を落とそうとした。でも受け入れられずにいる。思い切りが足らなくて、ちょっと圧迫があるだけで腰を上げてしまう。

何だか焦らされているみたいでそそられる。

目の前には形の良い白い乳房。先端はぷっくり固く膨らんで紅く色づく。こぼれんばかりに潤んだ瞳が愛らしくて、先ほどから今すぐにでも食らいつきたい衝動と戦っている。

「君の中からさっきの残滓が垂れてきて、私のものを伝って流れ落ちているよ」

アンジェは涙目のまま、真っ赤になった。

「や……！　そういうこと言わないでっ」

「そうやって恥じらう君を見ていたら、欲しくてたまらなくなってしまった。手伝ってあげるから、さあ」

「待っ……！　あぁ――っ」

やや強引に腰を落とさせると、ぐぷっと音を立てて自分のものがアンジェの中に入り込んでいく。

今すぐにでも果ててしまいそうなくらい気持ちいい。そこを耐えてさらにアンジェの腰を下げていけば、アンジェのぷるんとした尻が太腿に当たった。

アンジェはクリストファーにしがみつくように身体を倒し、苦しそうに呼吸を繰り返す。初めての体勢に、まだ動揺しているようだ。

クリストファーは、アンジェの背中や頭を撫でてなだめる。

「アンジェ、入ったよ。よく頑張ったね」

落ち着いてきたらしいアンジェは、のろのろと頭を上げてクリストファーの顔を覗き込む。不安そうな顔をした彼女に、クリストファーは優しく微笑みかけた。

「身体は辛くない？」

アンジェは少しためらったあと、おずおずとうなずく。クリストファーは笑みを深め、頭から頬にかけてそっと撫でた。

「ほらね。大丈夫だっただろう？」

アンジェは困ったような顔をし、それから消え入りそうな声で訊ねてきた。

「このあとどうしたらいいの……？」

「じゃあ、腰を上げたり下ろしたりしてくれるかな？」

「……こ、こう……？」

アンジェはほんの少し腰を上げては座り込むを繰り返す。性技としてはつたなすぎて大した刺激にならないが、アンジェがクリストファーのために頑張っている様子はいじらしくてそそられる。

クリストファーは熱いため息まじりに答えた。

「ああ……いいね……」

まるで、アンジェがクリストファーを抱いてくれているみたいだ。たまにはこういうのもいい。だが、焦らされに焦らされたため、そろそろ我慢も限界だった。

クリストファーは劣情に耐えかね、つながったままアンジェを仰向けに押し倒す。

「きゃ……！」

小さな悲鳴を上げてベッドに沈んだアンジェの脚を抱え上げると、欲望の赴くまま彼女の中に何度も自身を突き立てた。

「なんっ、で……っ」

アンジェは喘ぎながら疑問を口にする。

それはそうだろう。上に乗ってクリストファーのものを受け入れることを要求しておきながら、結局は普段よくする体勢に持ち込んでしまったのだから。性の快楽を覚えたてのこの身体は、本当にどうしようもない。自分の上で腰を振るアンジェを堪能できるのは、もうしばらく先になりそうだ。

身体を重ねるようになってからまだ二ヶ月足らずだが、数え切れないほどクリストファーを受け入れてきたアンジェの身体は、がむしゃらに突き進んでも柔軟に彼のものを呑み込んでくれる。

程なくして、淫らな水音に甘い声が重なるようになった。

「んっ、あん……っ、あっ、あっ、んっく……っ、はぁ……んんっ」

恥じらいを捨て切れないのか、時折喘ぎ声を呑み込もうとしているようだ。

クリストファーはアンジェの脚を腕に掛けたまま、覆い被さるように上体を倒した。

上向いた彼女の蜜口に何度も腰を振り下ろしながら、華奢な手をシーツから引き剝がし、手のひらを重ね合わせる。

その手を彼女の頭の両脇に押さえつけると、クリストファーはぐっと顔を近付けた。

「我慢しないで、声を聞かせて。その甘い声で私の名を呼んで……ッ」

快楽にけぶった目で見上げてきたアンジェは、乞われるままに名を繰り返す。

「クリスっ、クリス……ッ」

「ああ、アンジェ、アンジェっ」

互いの名を呼び合いながら、快楽の階段を一気に駆け上がる。果てが見えてきたところで、クリストファーは荒い呼吸の合間にアンジェに告げた。

「そろそろ達《い》こう、一緒に――」

アンジェの手を離し上体を起こすと、彼女の腰を摑んで一番感じてくれる場所に狙いを定め、勢いよく自身の先端を叩きつける。

「そこっ、やぁ――ぁあぁぁ――！」

続けざまに同じ場所を攻めれば、嫌がる声を上げたアンジェもすぐに快楽に呑み込まれていく。

そもそも嫌がったのは感じすぎてしまうからだ。淫らすぎるほどに乱れる自分を見られたくないのだと言う。それこそクリストファーが見たいものなのに。

我を忘れてクリストファーを求めたアンジェは、甲高い声を上げて達した。クリストファーもあとを追ってアンジェの奥深くに精を放ち、彼女の上に崩れ落ちる。

呼吸が落ち着いてきたところで身体を起こし、懸命に呼吸を繰り返すアンジェの顔から栗色の髪を払った。

十九年近くになる長い年月をかけ、ようやく手に入れた。

これまでにどれほどの時間と労力をかけたかも知らず、アンジェはクリストファーに与えられる愛に溺れた。導かれるままに性を解放するアンジェは、この世のものとは思えないほど美しい。

アンジェの母を失踪させたのは正解だった。アンジェが自分のすぐ側で成長していったとしたら、クリストファーは彼女がまだ子どもであっても我慢しきれず手を出していたかもしれない。そんなことをしたら、アンジェに完全に嫌われていたことだろう。

兄妹として過ごした時間がほとんどないから、アンジェはクリストファーを義兄だとあまり感じられずにいたようだった。おかげで兄妹ではないと押し切り、結婚することも可能になった。

世間から隔絶された修道院で育ったから、アンジェは世の穢れを知らず素直な女性に成長した。アンジェはクリストファーに様々な感謝をし、純粋な愛情を向けてくれる。

一方、社交界の面々は二人の結婚を受け入れ切れていないようだった。国王に祝福された結婚とはいえ、染み込んだ拒絶の感情は簡単には消えないのだろう。一部の貴族は、クリストファーではなくアンジェに当てこすりを言って留飲《りゅういん》を下げているようだ。それに耐えてくれるアンジェが愛しくてたまらないが、そろそろアンジェに敵意を向ける輩を排除しにかかる予定だ。

だいたい、そうやって自分の負の感情を垂れ流しにする人間は、何かと問題を起こしていることが多い。社交界から締め出すくらいなら簡単に済むだろう。排除された者たちの共通点に気付けば、他の貴族たちも悟るに違いない。アンジェを傷付ける人間は、社交界から排除される、と。

気が付けば、アンジェはすでに眠りに落ちていた。湯で洗ってやろうと思っていたのだが、起こすのは忍びなくて、絞った布で清めてやる。

アンジェと血がつながっているか否かなどどうでもいい。たとえ本当の兄妹だったとしても絶対に諦めず、アンジェを手に入れたことだろう。

アンジェは生まれたときから——いや、生まれる前から、クリストファーが策略によって作り出した籠の中の鳥だった。アンジェの私室にあてがった部屋は、彼女のことを想いながらずいぶん前に改装させた。

通称、鳥籠の間。

寂れた町の修道院という小さな鳥籠から王都へ移したとき、一番最初に入れるのはこの部屋と決めていた。その後、予想外なことがいくつか起こりながらも、おおむね計画通りに事は進んだ。そして今、アンジェはクリストファーの妻という鳥籠に納まり、愛をさえずってくれている。

すっかり寝入った彼女の耳元に、クリストファーはささやく。

「愛してるよ」

アンジェの顔に幸せな笑みが広がった。

あとがき

こんにちは。拙作をお手に取ってくださり、ありがとうございます。

今回は義理のきょうだいものを書かせていただきました。こういう禁断もの?を書くのは初めてで、読んでくださった皆さんがどんな感想を持たれるかとドキドキしてます。

私はいつも割とどうでもいい設定等で悩んで時間を無駄にするのですが、今回二番目に悩んだのが、牢でのあの蹴りです。軽く当たっただけなら歩くこと可能かな。ちょっとでも当たれば悶絶ものなのかも……と悩み抜きました。まさか実験するわけにもいかず、これはフィクションだからと開き直っております。皆さんもくれぐれも実験なさらないよう。

イラストをご担当くださった駒城《こましろ》ミチヲ先生、ありがとうございます！　絵柄が素敵な上に、カバーイラストは特に雰囲気をすごく出していただいて、ラフを拝見した段階で「イラストに見合う作品にするよう頑張らねば」と奮起したほどです。

編集さん方には、今回も大変ご迷惑をおかけし申し訳ありません。おかげさまで何とか書き上げることができました。

そして、最後までお付き合いくださった読者の皆さん、ありがとうございました！　またお目にかかれる日が来るのを願っています。

市尾《いちお》彩佳《さいか》

Sonya
ソーニャ文庫

この本を読んでのご意見・ご感想をお待ちしております。

◆ あて先 ◆

〒101-0051
東京都千代田区神田神保町2-4-7 久月神田ビル
㈱イースト・プレス　ソーニャ文庫編集部
市尾彩佳先生／駒城ミチヲ先生

お義兄様《にいさま》の籠《かご》の鳥《とり》

2019年11月4日　第1刷発行

著　　者　市尾彩佳《いちおさいか》
イラスト　駒城《こましろ》ミチヲ
装　　丁　imagejack.inc
編集協力　蝦名寛子
D T P　松井和彌
編集・発行人　安本千恵子
発 行 所　株式会社イースト・プレス
〒101－0051
東京都千代田区神田神保町2－4－7 久月神田ビル
TEL 03－5213－4700　FAX 03－5213－4701
印 刷 所　中央精版印刷株式会社

ISBN 978-4-7816-9660-7
定価はカバーに表示してあります。

僕の愛を受け入れて。

清華妃奈子には、忘れたい男がいた。両親の離婚を機に自分の後見人となった、10歳年上の御影雪哉だ。その優しい笑顔の奥に潜む男の欲望を知る妃奈子は、彼から離れようとするのだが……。仄暗い笑みを浮かべた雪哉に押し倒されて、淫らなキスをしかけられ——!?

『腹黒御曹司は逃がさない』 月城うさぎ

イラスト 氷堂れん